文春文庫

紅《べに》椿《つばき》ノ谷《たに》

居眠り磐音（十七）決定版

佐伯泰英

文藝春秋

目次

「居眠り磐音」

主な登場人物

坂崎磐音《さかざきいわね》　元豊後関前藩士の浪人。藩の剣道場、神伝一刀流の中戸道場を経て、江戸の佐々木道場で剣術修行をした剣の達人。

小林奈緒《こばやしなお》　磐音の幼馴染みで許婚《いいなずけ》だった。小林家廃絶後、江戸・吉原で花魁《おいらん》・白鶴《はつかく》となる。前田屋内蔵助に落籍され、山形へと旅立った。

坂崎正睦《さかざきまさよし》　磐音の父。豊後関前藩の藩主福坂実高《ふくさかさねたか》のもと、国家老を務める。

おこん　磐音が暮らす長屋の大家・金兵衛の娘。今津屋の奥向き女中。

幸吉《こうきち》　深川・唐傘《からかさ》長屋の叩き大工磯次《いそじ》の長男。鰻屋「宮戸川」に奉公。

今津屋吉右衛門《いまづややきちえもん》　両国西広小路に両替商を構える商人。お佐紀《さき》との再婚が決まった。

由蔵《よしぞう》　今津屋の老分番頭。

佐々木玲圓《ささきれいえん》　神保小路に直心影流の剣術道場・佐々木道場を構える磐音の師。

速《はや》水《み》左《さ》近《こん》　将軍近侍の御側衆。佐々木玲圓の剣友。

本《ほん》多《だ》鐘《かね》四《し》郎《ろう》　佐々木道場の住み込み師範。磐音の兄弟子。

松《まつ》平《だいら》辰《たつ》平《ぺい》　佐々木道場の住み込み門弟。父は旗本・松平喜内《きない》。

重《しげ》富《とみ》利《とし》次《じ》郎《ろう》　佐々木道場の住み込み門弟。土佐高知藩山内家の家臣。

霧《きり》子《こ》　雑賀衆の女忍び。佐々木道場に身を寄せる。

品《しな》川《がわ》柳《りゅう》次《じ》郎《ろう》　北割下水の拝領屋敷に住む貧乏御家人の次男坊。母は幾代《いくよ》。

竹《たけ》村《むら》武《ぶ》左《ざ》衛《え》門《もん》　南割下水吉岡町の長屋に住む浪人。妻・勢津《せつ》と四人の子持ち。

笹《ささ》塚《づか》孫《まご》一《いち》　南町奉行所の年番方与力。

木《きの》下《した》一《いち》郎《ろう》太《た》　南町奉行所の定廻り同心。

竹《たけ》蔵《ぞう》　そば屋「地蔵蕎麦」を営む一方、南町奉行所の十手を預かる。

桂《かつら》川《がわ》甫《ほ》周《しゅう》国《くに》瑞《あきら》　幕府御典医。将軍の脈を診る桂川家の四代目。

中《なか》川《がわ》淳《じゅん》庵《あん》　若狭小浜藩の蘭医。医学書『ターヘル・アナトミア』を翻訳。

『居眠り磐音』江戸地図

至 千住
新吉原
山谷堀
寛永寺
上野
待乳山聖天社
向島
浅草
今戸橋
下谷車坂町
金龍山 浅草寺
下谷広小路
業平橋
吾妻橋
品川家
十間川
北割下水
本所
天神橋
今津屋
法恩寺橋
新シ橋
竹村家
南割下水
柳原土手
両国橋
横川
金的銀的
長崎屋
薬研堀
竪川
大川
鰻処宮戸川
六間堀
若狭屋
猿子橋
竜閑川
小名木川
日本橋川
日本橋
新大橋
深川
金兵衛長屋
鎧ノ渡し
霊岸島
八丁堀
永代橋
仙台堀
永代寺
富岡八幡宮
鉄砲洲
佃島
越中島

護国寺
中山道
日光御成街道
小石川
伝通院
下富坂町
本郷
牛込
豊後関前藩
上屋敷
湯島天
神田川
神田明
表猿楽町
佐々木道場
駿河台
昌平橋
田安御門
神保小路
市谷八幡宮
市谷御門
内藤新宿
四谷
四谷御門
麹町
江戸城
大手御門
平川天満宮
馬場先御門
鍛冶橋御門
南町奉行所
数寄屋橋御門
溜池
原宿
愛宕権現
増上寺
芝
渋谷
麻布広尾町

本書は『居眠り磐音 江戸双紙 紅椿ノ谷』(二〇〇六年三月 双葉文庫刊)に
著者が加筆修正した「決定版」です。

編集協力 澤島優子
地図制作 木村弥世
DTP制作 ジェイ エスキューブ

紅椿ノ谷

居眠り磐音（十七）決定版

第一章　十五夜祝言

一

安永《あんえい》五年（一七七六）八月十五日の朝、坂崎磐音《さかざきいわね》は一番に六間湯に乗り込んだ。

まだ夜の名残の薄闇《うすやみ》が深川界隈《かいわい》を覆っていた。

暖簾《のれん》を掛けようとしていた主《あるじ》の八兵衛《はちべえ》が、

「おや、坂崎さん、鰻割《うなぎさ》きの仕事は休みかえ。それとも暇を取らされたか」

と冗談混じりに訊いたほどで、磐音がいつも姿を見せる刻限より二刻半（五時間）は早かった。

「本日は祝言《しゅうげん》の使い走りでな、身綺麗《みぎれい》にしておこうと一番湯に参った」

「そいつは目出度《めでて》えや。新湯《あらゆ》だ、熱いから気をつけて入りなせえ」

「承知つかまつった」

磐音は番台に湯銭を置くと、懐《ふところ》から取り出した真新しい下帯を乱れ籠《かご》に入れた。祝言のための衣服、継裃《つぎかみしも》などはすべて今津屋《いまづや》に用意されてあった。磐音は下帯を替えるだけでよかった。手早く衣服を脱いで洗い場に下りた。

灯《あか》りに照らされた洗い場で身を清め、石榴口《ざくろぐち》を潜《くぐ》った。すると二番手の客が入ってきた気配がした。

一番湯は荒々しくも熱かった。湯揉《ゆも》みして湯温を下げていると、

「御免なさいよ」

という声がして金兵衛《きんべえ》の白髪《しらが》頭が入ってきた。

「金兵衛どのも今朝は早うございますな」

「坂崎さんが湯に行く気配がしたのでな、慌《あわ》てて出てきたのさ」

「それはご迷惑をおかけしました」

「こっちは年寄りだ、いつ湯屋に来ようとかまわないが、本日は目出《めで》度《た》くも今津屋さんの婚礼だ。坂崎さんは忙しかろう」

「それがし、本石町《ほんごくちょう》の長崎屋まで花嫁を迎えに参るお役を賜りました。それゆえ、一番湯に入り、身を清めんとした次第」

「結構結構」

金兵衛は磐音を、まだだれも入っていない湯船に先に入らせた。

「月下老人のお役は上様御側衆《おそばしゅう》とか」

後から湯に浸《つ》かった金兵衛が訊く。娘のおこんから聞いたのだろう。

「家治様御側御用取次《ごようとりつぎ》速水左近《はやみさこん》様にござる」

「さすがは今津屋の媒酌人、豪儀だねえ。だが、速水左近様は座敷仲人だろう」

「いえ、そういうわけではござらぬ」

江戸時代、仲人にはふたとおりあった。

一つは、両家の間を走り回り、見合いから結納、婚礼とすべてを取り仕切る、

「はしかけ」

で、いわば、仲人が商売というわけだ。

今一つは、すでに花婿《はなむこ》花嫁が決まり、婚礼の場に同座して儀礼的な仲立ちをする、

「座敷仲人」

である。

「速水様は今津屋どのをよくご存じで、その立場を慮《おもんぱか》っての媒酌でござれば、

一概に座敷仲人とは申せますまい」

「いや、ほんとの月下老人は坂崎さんと由蔵《よしぞう》さん、いや、厳密に言えば坂崎磐音だねえ」

金兵衛は言い切った。

今津屋吉右衛門《きちえもん》の後添いに気を揉《も》んだ老分《ろうぶん》番頭の由蔵は、先妻お艶《えん》の実兄赤木《あかぎ》儀左衛門《ぎざえもん》の口利《くちき》きで、小田原城下の脇本陣《わきほんじん》小清水《こしみず》屋右七《ゆうしち》の長女お香奈《かな》との見合いを画策すべく、主には内緒で鎌倉《かまくら》に出向いた。

その旅には磐音も同道した。

だが、鎌倉では思わぬ事態が待ち受けていた。

吉右衛門の相手と目されたお香奈は、小田原藩士大塚《おおつか》左門《さもん》と二人で駆け落ちしてしまったのだ。

お香奈の突然の失踪に、父親の右七は憤激したり、落胆したりと、その場は混乱を極めた。

その騒ぎの最中、姉の駆け落ちに冷静沈着に対処した妹のお佐紀《さき》の人柄と才に注目したのは磐音だ。

騒ぎが一段落したとき、磐音はお佐紀の江戸への嫁入りを提案したのだ。

磐音の思い切った提案に、当のお佐紀が一番悩んだ。が、一晩考え抜いたお佐紀は、江戸で吉右衛門と見合いをすることを了承してくれた。

「雨降って地固まるというのは、まさにこのことだねえ。坂崎さんの沈着な判断がなければ、この話はまとまらなかったよ」

「金兵衛どのは先ほど月下老人と言われたが、それがし、月下氷人《げつかひょうじん》と聞き及んでおり申す。同じ謂《いい》にございますか」

「ああ、それなら、耳学問だが、ご披露《ひろう》しようか。唐の時代、かの国に韋固《いご》という青年がおってな、旅に出た。宋城というところで、袋に寄りかかって、月明かりで本を読む老人と出会ったのだ。青年が、なんの本を読んでいるかと訊くと、老人は、結婚について調べておる、私が寄りかかる袋には赤い縄が入っておってな、私がこの縄で男と女を結べば、たとえ仇《かたき》同士の家の者であっても、どんなに離れた地に住んでおる二人であっても、必ず結ばれて生涯別れることはない、と答えたそうな」

「ほう、面白きお話ですな」

「まだ先がある。老人は、そなたは北へ遠く離れた村で野菜を売る陳という娘と結ばれる運命にある、と答えた」

「まことに韋固は陳という娘に出会うたのですか」

「十四年後、韋固は地方長官王泰の娘と結婚することになった」

「地方長官の娘御では、野菜売りではございませんな」

「韋固がふと、そなたは野菜を売っていたことはないかと尋ねると、私は長官のほんとうの娘ではございません、姪《めい》です。父は宋城で亡くなり、私が赤ん坊のときから乳母が野菜を売って育ててくれましたと、正直にも告白したそうです。韋固はそのとき、十四年前、月夜の晩に袋に寄りかかり、本を読んでいた老人のことを思い浮かべたそうな」

「それで月下老人と称するのですか」

「赤縄繋足《せきじようあしをつなぐ》ともいってな、赤い縄が夫婦《めおと》となる男と女の足を繋いでいるのです」

「今津屋どのとお佐紀どのの足は赤い縄で繋がれていたのですね」

「そういうことになるかな。だが、その縁を取り結んだのは、間違いなく坂崎さんだ」

磐音は、見知らぬ北国の地へと嫁入り道中を続ける奈緒《なお》と前田屋内蔵助《まえだやくらのすけ》は、赤い縄で結ばれていたのかと、そのことを思いやった。

金兵衛は、一緒に湯に入る春風駘蕩《しゆんぷうたいとう》とした青年が、娘のおこんとほんとうに赤い縄で結ばれているのかどうか、確信が持てずにいた。

その迷いを振り切るように金兵衛は、

「坂崎さん、こういうときはさ、夜盗や押し込みが目をつけるもんだ。祝言が終わったからといって、気を抜いてはなりませんぞ」

と注意し、

「いかにもさようでございます、舅《しゅうと》どの」

と磐音は承《うけたまわ》った。

磐音は六間湯から熊床《くまどこ》に回り、親方の熊五郎《くまごろう》の手で丁寧《ていねい》に髭《ひげ》を剃《そ》り上げ、髷《まげ》を結い直してもらった。

「金兵衛さんとこの浪人さんよ、これでおまえさんが花婿にとって代わってもいいくらいだぜ」

と熊五郎が、仕事ぶりを自画自賛するように磐音の頭を眺めた。

無腰の磐音はその足で、本所吉岡町裏の御家人鵜飼百助《うかいももすけ》の屋敷を訪ねた。備前《びぜん》長船長義《おさふねながよし》と脇差《わきざし》を手入れに出していたのだ。

「天神鬚《てんじんひげ》の百助」

とも呼ばれる鵜飼は御家人でありながら、刀研ぎの名人であった。むろん御家人の苦しい内所《ないしょ》を助けるために百助の先祖が始めた刀研ぎの技だが、百助は本所深川界隈では名の通った、名人の刀研ぎ師で、同時に偏屈な人物として知られていた。

研ぎを頼まれ、持ち主や持ち物の差料《さしりょう》が気に入らないと、いくら研ぎ料を積まれても、

「うん」

とは返事しなかった。だが、反対に気に入ったとなると、研ぎ料など考えもせずに手入れをしてくれた。

磐音は初めての折り、備前包平《かねひら》を鵜飼老人のもとへ持ち込んだ。

鵜飼百助は磐音が豊後《ぶんご》関前《せきまえ》の屋敷から持ち出した包平をじっくりと鑑賞し、二尺七寸（八十二センチ）の刀身を仔細《しさい》に眺めて点検した。

「備前三平《さんひら》の一人、包平の名刀を腰に帯びた侍が当今いたか」

と呻《うめ》くように呟《つぶや》いたものだ。

それがきっかけで磐音は時折り鵜飼百助に手入れを願うようになった。

「そなた、深川の裏長屋住まいじゃそうだが、包平といい、この長船長義といい、持ち物だけは尋常ではなき代物を持っておるな」

と見事な研ぎを済ませた磬音の大小を差し出した。

「それがしの腰には身分不相応とは承知しておりますが、古《いにしえ》の刀鍛冶《かじ》の心意気が未熟なそれがしに伝わるようで、つい重宝しております」

天神鬚がにたりと笑い、

「長義も両替商の蔵に眠るよりなんぼかそなたの腰から世間を見ていたほうがよかろうよ」

と磬音と今津屋の関《かか》わりをどこぞから聞き知ったか、言い放った。

「有難うございました」

磬音は奉書に包んできた研ぎ料を差し出した。百助が、

「頂戴しよう」

と中身も確かめずに受け取った。そして、

「刀の手入れをいたし、仇討《あだう》ちでもいたすか」

と訊いてきた。

「そうではございませぬ。今宵《こよい》は今津屋吉右衛門どのの祝言にございます。それがし、花嫁を迎えに参るお役を命じられました。日頃から血腥《ちなまぐさ》くも剣槍《けんそう》の狭間《はざま》に身をおいて暮らしております。刃《やいば》に怨念《おんねん》など残っていては花婿花嫁を穢《けが》すやもし

れませぬ。鵜飼様の手に託した所存です」

「ならば心配ないわ。そなたの闘いの痕跡、きれいさっぱりと研ぎ落としておいた。新身のようにきれいなものよ。今津屋吉右衛門どのに天神鬚が祝いを申していたと伝えてくれ」

「しかと伝えます。まことに有難うございました」

着流しの腰に長船長義と無銘の脇差を差した磐音は、吉岡町から程近い北割下水の品川柳次郎《しながわりゅうじろう》の屋敷を訪ねた。

陽《ひ》の当たる縁側で、相変わらず母親の幾代《いくよ》と酉《とり》の市の熊手を作っていた。むろん苦しい御家人の家計を助けるための内職だ。

「おや、昼前というのに、坂崎様のさっぱりとした形《なり》はどうでございましょうな」

と幾代が磐音を見、視線を倅《せがれ》の柳次郎に向け直して、

「こちらはどう見ても溝鼠《どぶねずみ》、これでは嫁の来手もございますまい」

と嘆息した。

「母上、申されますな。私が嫁を取れぬのは、母上と日がな一日内職なんぞに精を出しているせいです」

「おや、そなたが嫁を貰《もら》えぬのは私のせいですか」

母と倅が他愛もなく言い合った。

「母上、当てもない倅の嫁の話などしている場合ではございませぬ」

「おや、たれぞ嫁がれるのですか」

「今津屋さんに後添いが来られるのです」

「それは目出度い。日頃世話になっている今津屋さんです、なんぞお祝いをと思うてもこの暮らしではね」

「母上、相手様は名代《なだい》の分限者《ぶげんしゃ》、両替商六百軒の筆頭です。われら貧乏御家人から祝いを貰おうなどと考えてはおられませんよ」

「そうですね。なんぞ包めと申されても思いつきもしませせぬ」

内職の手を休めた親子の会話は際限がない。

磐音は柳次郎と幾代の話が一段落つくのを長閑《のどか》に待った。ふとそのことに気付いた柳次郎が、

「坂崎さん、多忙な身でうちに来られたというのは、なんぞ急用ですか」

と訊いた。

「今津屋どのに関わりのあることです。品川さん、もしお暇なら、今宵、今津屋

の長屋に竹村《たけむら》さんとご一緒に詰めてもらえませんか」

「それは一向に構いませんが、なんぞ訝《いぶか》しいことがあるのですか」

「いえ、先ほど湯屋で大家の金兵衛どのに会うた折り、こういうときほど押し込みなどが狙《ねろ》うているものだと忠告されました。今津屋に断ったわけではございません、それがしの一存でお願いしております」

「なんだ、そんなことか。承知しました」

とあっさり、柳次郎が請《う》け合い、

「こういう折りこそ、柳次郎、お手伝いなされ。幾代までが、よいか、竹村武左衛門《ぶざえもん》どのに日当がどうのこうのと言わせるのでありませんぞ」

と釘《くぎ》まで刺された。

「母上にかかると、竹村の旦那《だんな》はぼろくそだな」

「いえ、そこまでは申しませぬ。ですが、武士の矜持《きょうじ》をお忘れです」

と幾代が答えたところに門前でばたばたと足音が響いて、

「柳次郎、なんぞ儲《もう》け口はないか。今日にも一家の口が干上がってどうにもならぬぞ！」

と大声が響き渡った。

「それ、御覧なされ。あれですからね」

幾代が昼餉《ひるげ》の仕度でもする気か、台所へと立っていった。

「おおっ、これは幸先がよいぞ。福の神の坂崎どのがおられるわ。なんぞ柳次郎のところに儲け口を持ち込まれたな。時には、こちらより先にわが長屋に吉報を届けてもらいたいものよ」

柳次郎が溜息《ためいき》をついた。

「なんだ、仕事の話ではないのか」

「母上が嘆かれるはずだ。旦那の頭には金を稼ぐことしかないのか」

「柳次郎、この世の中にそれ以上のなにがある。うちは大人数だぞ、それも食べ盛りだ。稼いでも稼いでも追いつかぬわ」

と言うと、

どたり

と縁側に腰を下ろした。磐音が仕事話を持ち込んだのではないと推測したか、がっかりとした顔付きだ。

「竹村さん、今宵お暇ですか」

「うーむ」

という表情で磐音を見た。

「竹村の旦那、今宵の話は日当なしだ」

「なんだと、ただ働きだと。それがし、遠慮いたそう」

武左衛門はにべもなく即答した。

「話も聞かぬのか」

「柳次郎、話を聞いてなんの役に立つ」

「日頃世話になってきた今津屋の祝言の夜、われら二人が夜番につく。その程度の義理は旦那にもあろう」

「義理で飯は食えんでな」

「よいよい、旦那には頼まぬ。坂崎さん、それがし一人で夜番を務めます」

と言った柳次郎が声を落として、

「両替屋行司《ぎょうじ》の主の祝言だ。馳走《ちそう》もあろう、酒もあろう」

と呟いた。

「待った！　柳次郎、酒と膳《ぜん》が出るというのか」

「そのようなことを言った覚えはない。第一、夜番を頼まれて酒が飲めるものか。一晩無事に勤め上げた暁にはと考えたまでだ」

柳次郎の言葉に唆《そその》かされた武左衛門が翻意して、磐音は品川家を訪ねた用事を終えた。

「よし、参ろう」

「それがし、これより今津屋へ参ります」

「七つ（午後四時）の刻限までには竹村の旦那と同道して参ります」

「お願いします」

磐音が辞去しようとすると武左衛門が、

「今宵の予定が決まったとなれば、それがしも長屋に戻ろう」

と一緒に付いてきた。

「竹村さん、半端な頼みで申し訳ありません」

磐音が歩きながら謝った。

「坂崎さん、柳次郎の前だからああ言ったのだ。これはな、三河《みかわ》万歳の太夫と才蔵みたいなもので、実のない掛け合いにござるよ。それがしとて、今津屋に世話になっておることは重々承知しておる。その主が目出度くも祝言を挙げるとなれば、なんぞひと働きせねば申し訳が立たぬ。これでも竹村武左衛門、義理も人情も持ち合わせておるからな」

「それを伺い、ほっとしました。この話、それがしの一存にござれば、老分どのもご存じないのです」

「なんだ、そんなことか」

と応じた武左衛門はしばし黙って歩いていたが、

「坂崎さん、由蔵どのに、この竹村武左衛門が主導し、若き品川柳次郎を説得いたして、祝言の夜の無料警護を申し出たと言うてくれぬか」

磐音が足を止めて武左衛門の顔をまじまじと見た。

「考えられましたな」

「駄目かのう」

「いえ、聞かれたらそう申し上げます」

「そうか、嘘《うそ》も方便と申すからな。気持ち次第で、互いの思いは通じるものだ」

と武左衛門が莞爾《かんじ》と笑った。

二

磐音が米沢町の両替屋行司今津屋の店先に立つと、本日ばかりは臨時休業の張り紙が張られ、店前から土間、板の間と、塵《ちり》ひとつなく掃《は》き掃除、拭《ふ》き掃除が済み、打ち水がされていた。

店では真新しいお仕着せを着た奉公人全員が老分の由蔵の前に集められ、本日の手順や持ち場の役目の念押しをされていた。

その由蔵が目敏《めざと》く磐音の姿を捉《とら》えた。

「おおっ、坂崎様、お見えになりましたな」

「遅くなりました」

「なあに、花嫁の輿入《こしい》れは暮れ六つ（午後六時）です。後見の出番にはだいぶ刻限がございますよ」

江戸の初め、婚礼は夜分に催された。早い輿入れは暮れ六つ、五つ（午後八時）、四つ（午後十時）、九つ（夜十二時）と下り、中には八つ（午前二時）の輿入れもあったという。しかし、暮らしの変化とともに昼に移ってきた。享保《きょうほう》年代（一七一六～三六）のことだという。

だが、吉右衛門が、

「私は再婚にございます。ご多忙な世間様を昼間からお呼び立てするのもどうかと思います。陽が落ちてからにいたしましょう」

と古の刻限で輿入れを執り行うことにしたのだ。

「それがし、間に合えば、速水左近様、奥方様のお迎えにも参りとうございます」

「私が行こうと思うておりましたが、坂崎様に代わっていただけるなら、それにこしたことはありません」

「老分どのとおこんさんは、本日の本陣の捌《さば》き方にございます。お招きのお客様、親戚筋のお迎えや応対もございましょう。神輿《みこし》を据えておられませ」

「ならばお願い申します」

「老分どの、僭越《せんえつ》ながらちと決めたことがございます。いや、竹村さんからの申し出でございます」

「ほう、どういうお申し出にございますな」

「祝言の夜は店、奥じゅうが普段とは異なる御用にて慌ただしさに追われます。かような折り、往々にして押し込みなどが付け狙《ねら》うことがあるそうな。ゆえに品川柳次郎どのを誘い、日頃世話になっている今津屋さんの夜番を務めたい、という申し出にございます」

「ほう、あの竹村様がな」

と由蔵がしばし沈思して、
にたり
と笑い、

「ようも考えられましたな」

と武左衛門の苦心を見抜いたように答え、

「坂崎様、いかにも手抜かりにございました。お二人には夜番をお願いいたしましょう」

と言い添えた。

磐音はその足で台所に行った。広い台所は戦場のような様相を呈していた。

祝言の膳を、料理茶屋として名の出始めた八百善《やおぜん》に頼み、料理人たちが大勢入り込んで、仕度にかかっていたからだ。

ちなみに後年、江戸文化が花開いた爛熟期《らんじゆく》の文化《ぶんか》・文政期《ぶんせい》（一八〇四～三〇）に、

「詩は詩仏　書は鵬斉《ほうさい》　狂歌俺
芸者小勝《こかつ》に　料理八百善」

と蜀山人《しよくさんじん》に詠《よ》ましめた料理茶屋の八百善である。

この八百善は屋号のとおり、最初、百姓をしながら育てたものを売る八百屋であったという。それが山谷堀《さんや》に移り、吉原通いの客に酒、料理を出すようになった。享保十六年（一七三一）の頃のことだ。

四代目善四郎のとき、江戸屈指の料理茶屋になり、文政五年（一八二二）に『料理通』なる本を上梓《じょうし》して、料理人ばかりか研究家としても名を残すことになる。

この八百善の料理人が大挙して詰めかけ、祝い膳を仕上げるのだから、その光景たるや壮観だった。

「あら、来ていたの」

おこんの声がして、おそめと一緒に立っていた。

おこんの髪は燈籠鬢勝山髷《とうろうびんかつやままげ》に、おそめのそれは愛らしくも禿島田《かむろしまだ》に結われ、鹿《か》の子《こ》模様の小座布団が髷に結い込まれて、ぴらぴら簪《かんざし》とともに華やかだった。

「おおっ、二人とも花嫁御寮と見紛うばかり、美しいぞ」

磐音は思わず嘆声した。

「本日の花嫁はお佐紀様よ。私たちはお手伝い、奥に髪結いさんが来ているの」

と言いながらおこんが磐音の頭を見た。

「それがし、熊床に寄って参った」

「熊五郎親方の仕事ね。深川風でまあいいか」

とおこんが自らを納得させるように言った。

「昼餉はまだでしょう。手の空《す》いたときに食べておいて」

と板の間の隅に磐音の座を作ってくれた。

「お招きの客は都合何人になったな」

「旦那様はできるかぎり控えめにと言われたんだけど、あちらを立てるとこちらが立たずで、正客様は百人ほどになったわ。うちの奉公人は数に入ってないけど」

「われらは使い走りじゃ」

磐音はまるで今津屋の奉公人のように言った。かたちばかりだが、後見という肩書きを貰っている、奉公人と言えなくもない。

「老分さんと支配人の林蔵《りんぞう》さん、和七《わしち》さんは席に出るわ」

「それは当然であろう」

「だけど坂崎さんは別格よ。旦那様とお佐紀様を結び付けた張本人ですからね」

「なにっ、それがしも席にお招きあるか」

「豊後関前藩金兵衛屋敷ご用人といった肩書きかしら」

「ほう、それがしに肩書きをくださるか」

磐音の旧主福坂実高《ふくさかさねたか》が、先の日光社参が恙無《つつがな》く終わったのち、関前藩の財政好転に力添えをしてくれた今津屋と若狭《わかさ》屋を、芝二本榎《にほんえのき》の下屋敷に招いたことがあったが、その席で、

「予は磐音の奉公を解いた覚えはないのじゃ。勝手に、磐音は関前の城下を離れおったのだ」

と嘆いたとき、その場にあった由蔵が、

「坂崎様を深川六間堀屋敷に勤番を申し付けられたとお考えになれば、お心もだいぶ穏やかにおなりになりませぬか」

と慰めたことがあった。

由蔵はまたその屋敷を、別名金兵衛屋敷とも申します、と披露していた。その挿話をおこんが持ち出したのだ。

「それがし、旧藩を代表しての列席かな」

「まあ、そんなところね」

おこんが手早く磐音の昼餉を用意した。鶏と油揚げ、人参などの炊き込みご飯

を握り飯にしたものに潮汁《うしお》だ。今日ばかりは奉公人たちも手の空いた者から台所に来て、炊き込みご飯の握りと潮汁を急いで啜《すす》っていくのだ。

「後見、本日はよろしくお願い申します」

筆頭支配人の林蔵が緊張と興奮の様子で昼餉に来た。

「林蔵どの、こちらこそよろしゅうお願い申す」

悠然と握りを頬張《ほおば》る磐音を見た林蔵が、

「後見はまるで常日頃とお変わりございませぬな」

と感心したように言った。

「私は、なんぞ忘れてはおらぬかと思うと落ち着きませぬ。そのうち、胃がきりきりと痛み出しましょう」

「林蔵どのは、今津屋どのとお艶どのの祝言を経験なされておられよう」

「先代がご存命の頃で、先代に叱《しか》り飛ばされておりましたから、なにがなにやら分からぬうちに一日が終わっておりました」

「それでも一度経験したかどうかは大きな違いです。心を平らかにお務めくだされ。若い奉公人が手本にしておりますからな」

「精々頑張ります」

と林蔵は言い残して台所から消えた。

磐音が次々とやってくる奉公人たちに声をかけていると、おこんがまた姿を見せて、

「あら、まだそこにいたの。着替えの刻限よ」

「おこんさん、暫時《ざんじ》待ってもらえぬか。井戸端にて口を漱《すす》いで参るでな」

もう一人の支配人の和七が、

「おこんさん、後見とご一緒していると、不思議なことに心が落ち着きます。ゆったりとした気分になるのはどうしたことですかな」

と言い出した。

「全員が慌てても仕方がないけど、こうものんびりしてられるのもどうかと思うわ」

「いや、おこんさん、後見がこうして私どもの背後に控えておられるので、私どもも安心して動き回ることができるのです」

「坂崎どの、いざ、出陣の刻限よ」

「畏《かしこ》まって候」

磐音は台所から井戸端に行き、口を丁寧に漱いだついでに顔を洗って気分を引

き締めた。

おこんが手伝ってくれて、仕付け糸が解《ほど》かれた麻裃を着用した磐音は、脇差を帯に差し込み、
うむ
と一つ気合いを入れた。

「気を引き締めたの」

「ちと御用を務めぬとな。いささか早いが媒酌の速水左近様、奥方様のお迎えに参ろう」

「お願いするわ」

とおこんが応じ、磐音から少しばかり身を離して着付けを点検した。

「いかがかな」

「男ぶりが一段と上がったわ」

「なにやら屋敷奉公の昔に戻ったようだ」

「祝言の座敷を見ていく」

「なにか起こったときに役に立とう。覗《のぞ》いておこうか」

奥座敷の大広間を中心に三つの座敷の襖《ふすま》が取り払われ、祝言の場が男衆《おとこし》の手で

設けられていた。大勢の奉公人たちを抱えた今津屋の大広間は五十畳と広く、二つの控え座敷を足すと優に百畳は超えていた。

花婿花嫁の座の背後には金屏風《びょうぶ》が立て回され、大きな海老《えび》と熨斗《のし》が飾られ、さらには花婿側に老松の盆栽が、花嫁側には大甕《おおがめ》に見事に生けられた紅葉の大枝と色とりどりの菊が華やかにも飾られてあった。おこんの技だ。

「今津屋どのはどうしておられる」

「離れ屋で茶を点《た》てていらっしゃるわ」

「大したものだ」

磐音は奥座敷から内玄関を下りて店へと出た。

「老分どの、ちと早いが速水様のお屋敷にお迎えに参ります」

「お願い申しますぞ」

「立ち戻りましたら、その足にて本石町の長崎屋に参ります」

「長崎屋にご滞在の小清水屋様より、すべて遺漏《いろう》なく仕度を終えておりますとの知らせがございました」

頷《うなず》いた磐音は、由蔵とおこんに見送られて表猿楽町《さるがくちょう》の速水邸に向かった。

神田川沿いに筋違橋《すじかいばし》御門まで上がり、屋敷町を西に向かう。佐々木《ささき》道場に通う慣れた道だ。

磐音は速水邸に到着すると、門前で、久しぶりに着た継裃姿を改めた。それを顔見知りの門番が見て、微笑《ほほえ》んでいた。

「門番どの、それがし、今津屋の使いにて、本日の媒酌人速水左近様、奥方様のお迎えに参った。坂崎磐音と申す」

「先ほどからご用人様もお待ちですよ」

「さようか」

すでに二挺《ちょう》の乗り物が式台前に着けられ、陸尺《ろくしゃく》たちも待機していた。用人鈴木《すずき》平内《へいない》の姿が式台の前に見えた。

「鈴木様、本日は天気晴朗にて、まことにもって祝言日和《びより》かと存じます」

「お迎えご苦労に存ずる」

「いささか早いかと存じましたが、お迎えに参りました」

「いや、わが主も今津屋の婚礼に遺漏があってはならぬと、先ほどから待機しておられる」

「お待たせ申しましたか。それは恐縮にございます」

「なにしろ上様が、今津屋の媒酌の大役、左近、無事に務めよ、と何度も念を押されたそうな」

「上様にまでご心労をおかけいたし恐悦至極にございます」

供の者たちが玄関前に集まり、奥から気配がして、速水左近と和子《わこ》、供のお女中が姿を見せた。

「坂崎どの、ご苦労であるな」

「速水様、和子様、月下氷人の御役、大儀に存じ上げます」

「上様のお声がかり、ちと緊張いたすわ」

と莞爾と笑った速水が、

「奥、坂崎どのの案内《あない》で参ろうか」

と和子に声をかけた。

「お乗り物を」

ご用人の指図で乗り物が式台前に着けられ、速水、和子の順で乗り込んだ。

供の行列はできるだけ人数を抑えることにしたが、それでも随行の侍、お女中で十数人となった。

「案内つかまつります」

磐音の声で陸尺たちが棒に肩を入れた。

「いってらっしゃいまし」

行列は整然と屋敷を出た。

磐音は速水左近の乗り物のかたわらに従った。

「継裃なんぞを着用いたしたら、屋敷奉公が恋しくはならぬか。そなたにその気があれば、この速水が奉公先を紹介いたすが」

「速水様、先ほどから継裃が窮屈窮屈と悲鳴を上げております。それがし、もはやその気はありませぬ」

乗り物の中から速水の笑い声が響いてきた。

「福坂実高様にご遠慮してのことか」

「それもございます」

「他に理由《わけ》があると申すか」

「思わぬことから浪々の身になりましたが、主家を失って得た境地もございます」

「得た境地とは意のままか」

「はい。思うがままに考えることがこれほど面白きこととは、ご奉公の折りには想像だにいたしませんでした」

「そなた、今津屋らとの交友を通して、商いの活力、大胆を承知したからな。武の忠義を捨てたればこそ得られた生き方かもしれぬ」

「速水様、それほど明快な処し方には至っておりませぬ。迷い迷いの道中にございますが、旧藩にいたときよりは窮屈な気持ちが解き放たれましてございます」

「継裃にも奉公にも未練はないか」

「ございませぬ」

乗り物はひたひたと神田川の河岸《かし》道を米沢町に向かっていた。

しばし黙っていた速水が、

「そなた、許婚《いいなずけ》を山形領へ旅立たせたそうじゃな」

家治の御側御用取次という幕府高官は、小林《こばやし》奈緒の落籍まで承知していた。

「お節介をいたしたまでにございます」

「一旦事を決めたら迷いはないか」

「それがしも人の子にございます」

うーむ
速水左近が黙り込んだ。

そして、今津屋吉右衛門とお佐紀の媒酌人の一行は、米沢町の今津屋の店先に到着した。

由蔵以下奉公人が居並んで出迎えていた。

「媒酌人速水左近様、和子様、ご到着にございます」

乗り物から姿を見せた速水左近が、

「由蔵、一片の雲もなき穏やかな祝言日和である。祝着《しゅうじゃく》じゃな」

「ご苦労さまにございます」

と腰を折って迎え、他の奉公人たちも低頭した。

「ささっ、こちらへ」

媒酌人夫妻とお付きのお女中だけが今津屋に入り、乗り物は一旦表猿楽町の屋敷に戻ることになっていた。

速水夫妻らが奥へと消え、磐音はちらりと目の端に柳次郎と武左衛門の姿を留めた。どうやらすでに役目に就いたようだ。

磐音が店の前から路地へ向かうと予測したように二人が立っていた。

「ご両人、ご苦労にございます」

「坂崎さん、竹村の旦那が小細工を頼んだようですね」

と柳次郎が話しかけてきた。

「自らの発案でこの柳次郎を誘い、今津屋の夜番を望んだとか」

「おや、もう承知ですか」

「老分どのにご挨拶《あいさつ》いたしますと、竹村様のご親切有難くお受けいたしますと挨拶されました。おかしい話よと問い質《ただ》しますと、坂崎さんがそう言われたとか。私は、竹村の旦那の小細工だと分かりましたよ。むろん老分どのも見抜いておられましたが」

「柳次郎め、余計なことを尋ねおって」

「竹村さんの意はしかと老分どのに伝わっております。警護のほど、よろしくお願い申します」

「承知した」

と武左衛門が言うところに、路地に姿を見せた振場役《ふりばやく》の番頭新三郎《しんざぶろう》が、

「後見、お迎えの刻限にございます」

と声をかけた。

三

磬音は新三郎らを提灯《ちょうちん》持ちとして従え、花嫁を迎える使者として本石町の長崎屋の玄関口に立った。

長崎屋は磬音にとって阿蘭陀商館長《カピタン》のフェイト、医師のツュンベリーら一行が在府したとき、密《ひそ》かな交わりを持った、紅毛人旅籠《はたご》であった。だが、元々は、薬種問屋であったとか。

あのとき、家治の養女種姫《たねひめ》が麻疹《はしか》にかかり、桂川甫周国瑞《かつらがわほしゅうくにあきら》らの仲介と推薦でツュンベリー医師が治療に当たることになったのだ。だが、南蛮人《なんばんじん》医師の治療を歓迎せぬ御典医らに雇われた刺客の襲撃に備えるため磬音が一行に同道し、長崎屋にも出入りしたのだ。

今宵は小田原の脇本陣小清水屋の次女お佐紀を送り出すために長崎屋じゅうが一丸となり、花嫁行列の出立《しゅったつ》に際して伊勢《いせ》流に従い、門火が焚《た》かれ、高張《たかはり》提灯が玄関先を赤々と照らしていた。また門前から玄関口まで清々《すがすが》しくも打ち水がされ、塵一つなく掃き清められていた。

さらに長崎屋の番頭ら奉公人が顔を揃《そろ》え、花嫁の輿入れの道具などが並び、小清水屋の真新しい法被《はっぴ》を着た人足たちが待機していた。なにしろ送り出す花嫁は、東海道を上り下りする大名諸家と長年の付き合いがある脇本陣の娘、その花嫁を迎え入れるのは両替屋行司今津屋の主とあっては、長崎屋も粗略な扱いはできない。

すでに見合いの折りに、小清水屋右七、お佐紀親子は長崎屋に逗留《とうりゅう》して見知っていたため、長崎屋でもこたびの仮宿を引き受けたのだ。

誠心誠意務めるという長崎屋の気配り、心配りが玄関先に横溢《おういつ》していた。

門前から玄関口に進んだ磐音は、

「小田原宿小清水屋様次女お佐紀様をお迎えのため、米沢町今津屋の迎え役、ただ今到着いたしました。習わしに従い、花嫁行列の先導を相務めさせていただきます」

継裃姿も凛々《りり》しく朗々たる音声を張り上げた。

「ご苦労さまにございます」

行列の差配役赤木儀左衛門が紋付羽織袴《はかま》で玄関先に立ち現れ、応対した。儀左衛門は吉右衛門の先妻お艶の実兄である。吉右衛門の再婚を熱心に願い、小清水屋の姉妹との祝言に最初から奔走し苦労してきた人物であった。
儀左衛門は自ら願い、江戸に疎《うと》い小清水屋の花嫁一行の差配役についていた。
というのも、婚礼の儀式は土地土地によっていろいろな違いがあった。
花婿側が花嫁行列を途中まで迎えるのもその一つだ。だが、お佐紀の実家は東海道小田原宿ゆえ、小清水屋では江戸本石町の長崎屋を仮宿として、そこで花婿側の案内役を迎える手筈《てはず》を整えたのだ。
長崎屋の玄関先に晴れやかにも緊張が走った。
小清水屋右七らが姿を見せ、花嫁がその後に従って現れた。
女衆《おんなし》に手を引かれた白地の縫箔《ぬいはく》、幸菱《さいわいびし》模様の打掛け、その下に紅梅白梅を彩った小袖《こそで》に綿帽子のお佐紀が玄関先に立つと、
ぱあっ
とその場が明るくなったようで、
おおっ
というどよめきが沸き起こり、
「まあっ、なんと美しい花嫁様か」
「おめでとうございます」

と溜息とも嘆声ともつかぬ言葉が重なって洩《も》れた。

磐音は腹に力を溜めて、

「花嫁小清水屋お佐紀様輿入れ行列、先導つかまつります！」

お佐紀の視線が磐音に向けられ、会釈《えしゃく》がなされた。

「お佐紀様、本日はお日柄もよろしく、まことにおめでとうございます」

「坂崎様、お世話になります」

お佐紀は小田原から従ってきた女衆の介添えで駕籠《かご》に乗り込んだ。駕籠を担ぐのは白丁烏帽子《はくちょうえぼし》の男衆だ。

輿入れの行列の先頭は貝桶《かいおけ》、厨子《ずし》、黒棚《くろだな》、担ぎ唐櫃《からびつ》、長櫃、長持、屛風箱、行器《ほかい》などで、男衆によって運ばれていく。

新三郎らが今津屋の家紋入りの提灯を点《とも》し、行列の先頭に立つ。続いて、正式な案内役の磐音が麻継裃で先導し、進み始めた。

本石町を出た行列は宵闇《よいやみ》を鉄砲町、小伝馬町《こでんまちょう》と優美に進んだ。

「おい、だれの輿入れだ」

「知らねえのか。両替屋行司の今津屋の旦那が後添いを貰いなさるんだよ」

「花嫁はどこから来なさった」

「なんでも小田原城下の脇本陣の娘とよ」

「器量よしかえ」

「最初に眺めるのは今津屋吉右衛門様だ」

行列を見た物知りたちがそんなことを噂《うわさ》する中、入堀に架《か》かる土橋を渡り、旅人宿が軒を連ねる馬喰町《ばくろちょう》に入り、見物の人垣ができたほどだ。

「幕府の日光社参を手助けした今津屋さんの輿入れだ。豪儀なものだねえ」

「そうかい、江戸随一の分限者が花婿だ。もっと派手によ、木遣《きや》りを立てて、娘っこに金棒なんぞを引き摺《ず》らせていくがいいじゃないか。ついでによ、あの継裃の侍にさ、三方《さんぽう》を小脇に抱えさせ、小判の雨でも撒《ま》き散らして歩いてもらえるとありがたいがねえ」

「金持ちが金を無闇《むやみ》にばらまいて歩くのは野暮の骨頂だ。吉右衛門様と、吉原で小判をばら撒いて遊ぶ十八大通《じゅうはちだいつう》なんて手合いと一緒にするんじゃねえや」

「おりゃ、派手なほうが粋《いき》だがねえ」

「貧乏たれの考えることは哀《かな》しいねえ」

「哀しくてもいい、小判がほしい」

「八、おまえのさもしい根性は閻魔《えんま》様にも直せめえ」

馬喰町一丁目から四丁目へいろいろな話題を振り撒きながら、お佐紀の花嫁行列は一本道を浅草御門に出た。

磐音は行列の具合を確かめ、両国西広小路の西の端から東へと先導した。もはや米沢町の角に店を構える今津屋はすぐそこだ。

今津屋の店前にも嫁迎えの篝火《かがりび》が赤々と燃えて、広小路に集う群衆の目が花嫁行列に集まった。

店前には由蔵以下大勢の奉公人が、羽織袴や真新しい法被姿で迎えていた。

人込みの中から突然三河万歳の衣装をつけた太夫と才蔵が現れて、

「目出度いな目出度いな、黄道佳日の宵闇に、東海道は小田原宿脇本陣の小清水屋のお佐紀様が江戸は名代両替屋行司今津屋吉右衛門様に輿入れじゃあ、三国一の花嫁に当代一の花婿の祝言の宵、目出度やな目出度やな！　千歳万歳、末永く共に白髪と変わるまで子孫繁栄商売繁盛目出度やな！」

と鼓《つづみ》を打ち鳴らし、扇を翳《かざ》して一舞い演じてみせて、群衆から、

やんや

の喝采《かっさい》を浴びた。

駕籠から降りたお佐紀が店前に立つと、今度は見物の女衆から羨望《せんぼう》の溜息が洩

れた。

「三河万歳の文句じゃないが、吉右衛門様の花嫁は三国一の美形だねえ」

「先のお内儀《ないぎ》は病がちと聞いていたが、今度の花嫁は美人の上に体も丈夫そうだ」

「若い嫁さんを貰い、吉右衛門様が恵わなきゃあいいがねえ」

と不謹慎な言葉を交わす中、今度はおそめが祝言の場までの案内を務めることになり、嫁入り道具とともに奥へと消えた。

大役を果たした磐音は見るともなく見た。

支配人の林蔵が、突然場を盛り上げて祝ってくれた三河万歳の太夫と才蔵を店の中へ呼び入れ、

「店の端で申し訳ありませんがな、祝い酒を召し上がってくだされ」

と店先にでーんと据えられた菰被《こもかぶ》りの酒樽《さかだる》から酒を注《つ》ぎ、祝儀を渡していた。

「ご苦労さま」

おこんが磐音の大役を労《ねぎら》い、

「お客様もお揃いよ。座敷にお上がりなさいな」

と声をかけた。

「花嫁御寮は座敷に着かれたかな」

「おそめちゃんが無事にご案内したわ。これからは速水左近様と和子様の出番ね」

頷いた磐音は、

「おこんさん、店の外を見回ってこよう」

「用心にこしたことはないけど」

「ひと回りいたさばすぐに座敷に参る」

磐音は三河万歳の二人の相手が林蔵から手代の保吉《やすきち》に代わっているのを目に留め、外へと再び出た。

今津屋の前には長い行列ができていた。

四斗樽《しとだる》が開けられ、今津屋の奉公人たちが往来する人々に祝い酒を振る舞い始めたのだ。

「皆様方、酒はたっぷり用意してございます。ゆっくりと順番をお待ちくださ い」

和吉が叫び、並んだ男女を制した。

「さすがは今津屋だぜ、菰被りはいくらもあるとよ」

「わたしゃ、長屋に戻って貧乏徳利を持ってこようかねえ」

「お熊さんだかお梅さんだか知らねえが、振る舞い酒はその場で飲むのが仕来《しきた》りだぜ。しみったれたことをするんじゃねえよ」

「おや、親方、おまえさんが両手に持ってる丼《どんぶり》はなんだえ」

「これかい。一つはおれの分、もう一つはかかあの分だ」

「そのかかあはどこにいるんだえ」

「長屋でお待ちだ」

「あたしとおなじじゃないか、さもしい魂胆がさ」

「そうと見抜かれちゃ仕方ねえな。丼は一つにしよう」

今津屋の店前はなんとも賑《にぎ》わっていた。

磐音は店の前から大川端へと向かい、裏長屋に通じる路地へ曲がった。急に辺りは静かになった。さらに今津屋の裏へと入り込んだ。すると今津屋の家作の長屋の木戸の向こうから武左衛門の声が響いてきた。

「柳次郎、祝い酒だぞ、一杯くらい頂戴しても罰《ばち》はあたるまい。なあに、それがしにとって一杯の美酒は勇気絶倫の基だ。力にはなっても妨げにはならぬ」

「駄目だ。旦那の酒はあとを引く。一杯が呼び水になり、二杯三杯と際限がない。

明朝までの辛抱だ」

「柳次郎、一杯ならばたれにも分からぬわ」

磐音が木戸口に立つと武左衛門がふいに黙り込み、口を手で押さえた。

「今頃手で押さえても遅い」

と柳次郎が怒鳴った。

「竹村さん、品川さんの言われるとおり、一晩我慢してくだされ。なにしろこのお役、竹村さんのご発案ですからな」

柳次郎が笑い出した。

「小細工はする、駄々はこねる。旦那、本所のお長屋にお戻りになるか」

「そう申すな、柳次郎。親しき友ゆえ、ちと冗談を申したまでだ。のう、坂崎氏《うじ》」

「いかにもさようでございましょう。お見回り、しかとお願いいたします」

と二人の友に言い置いて、磐音は長屋前の路地を抜けようとした。すると板塀の中から、

「高砂や、この浦船に帆を上げて……」

と赤木儀左衛門の声で謡《うたい》が響いてきた。

三献《さんこん》の夫婦固めの盃事《さかずきごと》は終わったか。

磬音は慌てて、米沢町の通りへと出た。これで右に折れれば、今津屋の大きな店と住まいをぐるりと一周したことになる。

なにも変わった様子はない。店前の振る舞い酒の行列はさらに長くなっていた。三河万歳は才蔵だけがまだ飲んでいた。万歳の太夫はどこに行ったか、姿が見えなかった。それにしても三河万歳まで用意していたのか。

「坂崎様、奥でお呼びにございます」

新三郎が磬音を探している様子で呼びかけた。

「ただ今参る」

長船長義を腰から抜くと店の奥から長廊下を通り、奥座敷へと向かった。すると晴れやかな宴《うたげ》の熱気が、

わあっ

と押し寄せてきた。

「坂崎様のお席は今津屋の後見ということで、下座にございます」

と新三郎が恐縮した。

「新三郎どの、それがし、招かれただけでも勿体《もったい》なきことと存じておる」

三つの座敷をぶちぬいた祝言の場に三ノ膳が並び、すでに銚子《ちょうし》があちこちに飛び交っていた。

「おおっ、来られましたか」

由蔵が隣に空いた席を指した。

「何事も異状なきように見受けられました。こちらは恙無く夫婦固めの盃事を済まされましたか」

「はい。花婿花嫁ともに堂々たる振る舞いで、見事に三献を執り行われました」

磐音は奥座敷の、二重台、手掛台の婚礼飾りのある床の間の横手、金屏風を前にした今津屋吉右衛門と佐紀を見た。二人にはどこかほっと安堵《あんど》の表情が窺《うかが》えた。

媒酌人の速水左近の前には、幕府勘定奉行太田《おおた》播磨守《はりまのかみ》正房《まさふさ》や大名家の家老職と思える面々が集まり、吉右衛門を交えて談笑しつつ酒を酌み交わしていた。

太田は先の日光社参の折り、幕府側で社参に掛かる莫大《ばくだい》な費用を差配した長であった。太田正房が社参をなんとか成功裡《り》に終わらせたのは、今津屋吉右衛門らの助力なくしては考えられないことだった。

花嫁には速水の奥方和子がなにごとか話しかけていた。

「いやはや、お招きのお客様の顔ぶれ、よくは存じませぬがなかなか壮観にございますな」

町人と武家が半々なのは、ただ今の今津屋吉右衛門の立場を表していた。今や幕府の大行事、日光社参さえ今津屋を筆頭とする商人《あきんど》の力なくしては立ちゆかなかった。それだけに正客の半数に武家が入っていた。

磐音はそんな武家の中に佐々木玲圓《れいえん》の姿を認めた。

「坂崎様、まずは一献」

由蔵が銚子を差し出した。

「これは恐縮にございます」

二人は互いに盃に注ぎ合い、

「無事にこの日を迎えることができまして祝着至極にございます」

「これも偏《ひとえ》に後見のお力あればこそ」

「なんの、老分どのの忠義心がこの佳《よ》き日を迎えさせたのです」

と二人は讃《たた》え合い、盃を飲み干した。

「ご挨拶にな、回って参ります」

由蔵は磐音が席に着くのを待っていたようだ。今津屋の奉公人を代表して列席していた林蔵、和七の二人は、すでに銚子を手に客の間を回っていた。

磐音は末座に独り取り残されるよりはと佐々木玲圓のもとへ向かい、

「先生、本日はご列席いただき、まことに有難うございました」

と今津屋の後見の立場で礼を言った。

「おおっ、坂崎か。そなたの姿が見えぬゆえ案じておった」

隣席の武家に玲圓が、

「この者、それがしの門弟にして今津屋の後見でしてな、坂崎磐音と申します」

と紹介し、

「坂崎、こちらは小田原藩大久保家江戸家老大久保将監《しょうげん》様じゃ」

と顔合わせをしてくれた。

「お初にお目にかかります。坂崎磐音にございます」

磐音は銚子を取り上げ、まず大久保に差し出した。

「小清水屋右七から、今津屋には切れ者の侍が後見として控えておられると聞いておりましたが、佐々木どののご門弟でしたか。なんでも居眠り剣法とか申す技の持ち主とか」

「ほう、大久保様、そのようなことまでご存じですか。居眠り剣法とは、技と申すよりは坂崎の人柄でしてな。なんとも長閑な剣風なのです。だが、それを甘く見るとえらいしっぺ返しを食います」

「佐々木どのも手こずられますかな」

「坂崎のことを承知しているはずのそれがしがとりわけ迷惑しており申す。この者と対決して、よいところはございませぬ」

「なんとそのようなことが」

大久保が磐音を見た。

「大久保様、祝いの席での戯れにございます。本気になされては困ります」

いや、と大久保が言った。

磐音は玲圓と大久保の盃に新しい酒を注いだ。

「それがし、そなたを知らぬわけではない」

「なんと仰《おお》せられましたな」

「先の日光社参に、そなた、随行なされましたな」

「はい。今津屋の後見と申せばいささか差し障《さわ》りがございましょう。道中には大金の出し入れがございますゆえ、用心棒役として付き添いました」

「それがしがそなたを見かけたのは勘定方の場ではござらぬ。それがし、殿の行列と離れて旅をしていたと思《おぼ》し召せ。道中も三日目に入り、日光を目前としていた思川《おもい》の河原で、御鷹《おたか》を放つ五人の主従を遠望いたしした。その中に坂崎どの、そなたの姿がござった。今考えればあの青年武士は……」

「大久保様、それ以上、この場ではお話し召さるな」

と玲圓が止めた。

「うーむ」

と言葉を詰まらせた大久保が、

「おおっ、祝いの席でつい口が軽うなった。お許しあれ。佐々木どの、坂崎どの」

大久保が口にせんとした人物は、次の将軍と目される徳川家基だ。家治の親心で家基は日光社参に密行した。それに随行したのが佐々木玲圓、坂崎磐音ら限られた人物だ。すべては家治の御側御用取次速水左近の手配のもとに進行した、家基の日光社参同行だったのだ。

「なにほどのことがありましょうや。ささっ、大久保様、八百善の料理じゃそうな。楽しみましょうかな」

と玲圓が言い、磐音も、

「大久保様、ご酒が止まっております」

と新しい酒を注いだ。

四

「花嫁様がお呼びよ」

とおこんが、玲圓の席で談笑する磐音の耳元に囁《ささや》いた。頷いた磐音は、

「大久保様、玲圓先生、後見のお役、務めて参ります」

と断ると控えの間を通り、金屏風の横手に出た。

花婿側の老松の盆栽の風情《ふぜい》とは対照的に、花嫁側には大甕に紅葉の枝と一緒に菊の数々が生けられ、花嫁をさらに一段と引き立てていた。

磐音が座した気配に気付いたお佐紀と視線が交わった。

「坂崎様」

お佐紀が思わず呼びかけた。

「お佐紀どの、本日はまことにおめでとうございます。幾久しく吉右衛門どのと偕老同穴《かいろうどうけつ》の契りを全うされんことを、坂崎磐音、心よりお祈り申しております」

「有難うございます」

と答えたお佐紀が、

「媒酌人様、小田原宿生まれの私が江戸に嫁ぐ縁をお作りくだされたのは、老分の由蔵様と坂崎磐音様にございます」

と万感の思いを籠《こ》めて和子に紹介した。

「聞いておりますよ、お佐紀どの」

と首肯《しゆこう》した速水左近の奥方和子が、

「わが主どのも、玲圓先生と昵懇《じっこん》の付き合いをさせてもらうのは、幕臣速水左近にとってなんとも幸運なことである。加えて、その門弟坂崎磐音と知り合うたのは、剣人として、同じ武士として僥倖《ぎょうこう》であった。剣風といい、人柄といい、申し分なしと、常々洩らしておいでございます。坂崎どのとは殿御ばかりを魅了するお方かと思いましたが、花嫁様までをも虜《とりこ》になされましたか」

「奥方様、私、坂崎様なくば、この座に綿帽子を被《かぶ》って座っていることができましたかどうか」

女二人の会話を磐音は赤面して聞き、

「お佐紀どの、かたちばかりではございますが、それがしは、今津屋の後見にございますれば、お節介が務めにございます。奥方様、どうか速水様やお佐紀どののお言葉を本気になさらぬようお願い申します」

「なんのなんの、わが主どのが申すこと、本日ようよう得心がいきました」

「奥方様、得心とはなんでございましょうか」

お佐紀が訊いた。

祝言の場は男ばかりが列席していた。それだけに花嫁が口を開くことなど、媒酌人に話しかけられたときくらいだ。その場に磐音が加わり、なんとなく緊張がほぐれたようで話が弾んだ。

「坂崎磐音は今津屋と知り合い、運を得た。だが、それ以上のよき拾い物をしたのは今津屋である。坂崎磐音は豊後関前藩六万石を背負って立つ人物であった。だが、藩騒動が逸材を藩外に出してしまい、江戸に出て、今津屋と関わりを持つようになった。これは豊後関前藩にとって不幸なことであったが、今津屋にとっても、いや、幕府にとっても幸いなことであった。坂崎磐音は関前を出て、大海に泳ぐ龍にならんとしておる、とわが主どのはつねづね申しております」

「奥方様」

と磐音が困惑したとき、その場におこんが加わった。

「おこんさん、助けてくだされ。奥方様と花嫁様のお二人から、からかわれております」

と言いかけるとお佐紀が、

「おこんさんの大事なお方をからかうなどできましょうか」

「今宵の吉右衛門どのとお佐紀どのは似合いの夫婦ですが、坂崎どのとおこんどのも一対の飾り雛《びな》にございますよ」

と和子までが感嘆の声を洩らした。

「おや、坂崎さんばかりか、今度は私にまで矛先が回って参りました」

とおこんが笑みを浮かべたところにお佐紀が、

「坂崎様と媒酌人様、このような機会は滅多にあるものではございませぬ。私の勝手をお聞き届けくださいさい」

と言い出した。

その場にある三人が何事かとお佐紀を見ると、お佐紀は視線をおこんに向けて、

「おこんさん、私は小田原城下しか知りませぬ。将軍様のお膝元《ひざもと》の江戸で大きな商いをなされる今津屋の奥に入ったところで、右も左も分かりませぬ。おこんさんは、亡きお艶様の代から今津屋の奥を支えてこられたお方にございます。おこんさんの手腕に達するまでは時間《とき》がかかりましょう。それまでとくと今津屋

の諸々の慣わしを教えてくださいませ」

と綿帽子の頭を下げた。

おこんがその場に平伏すると、

「お佐紀様、差し出がましきことと存じておりましたが、お艶様はお体がお弱く、つい私が口を挟《はさ》むようなことをさせていただきました。ですが、今宵からは今津屋の奥はお佐紀様が取り仕切られる場にございます。今後は、こん、こうせよとお申し付けくださいませ」

今津屋の奥向きについて、女二人が遠慮し合うように言い合った。

その様子を花婿の吉右衛門も気にしていたか、磐音を見て、

「後見、この儀、いかがにございますな」

と微笑みかけた。

「今津屋どの、まずはお佐紀どのとの婚礼の儀、祝着至極にございます」

と祝いを述べた磐音は、おこんに、

「それがし、三々九度の席に遅れてしまいました。先ほどから喉《のど》がからからに渇いております。おこんさん、一献いただけぬか」

と酒を所望した。

この場の緊迫に一拍おくためだ。

「これは気が付かぬことで」

おこんが盃を磐音に持たせ、銚子から酒を注いだ。

「今津屋どの、お佐紀どのの末永き幸せを念じまして頂戴いたします」

磐音は一口二口と悠然と酒を飲み干した。

さて、と間を置いて吉右衛門の問いに答えようとすると、和子がおこんの銚子を取り、

「坂崎どの、媒酌人の酒《ささ》もお受けくだされ」

「これは恐悦至極、お目出度き席のお心遣いゆえ遠慮のう頂戴いたします」

と両手で和子の酌を受けて飲み干した。するとお佐紀が、

「媒酌人様、私にもお銚子を」

と磐音に酌をする気だ。

「滅相もないことでございます。今宵のお佐紀どのは格別にございます。花嫁どのが奉公人にお酌など、あるものではございません」

と驚く磐音に吉右衛門が、

「この花婿すら、おこん、媒酌人様、嫁からの酌は受けておりませぬ。坂崎様は

なんとも果報者ですな。お佐紀、お酌をなされなされ」

と勧めた。もはや覚悟するしかない。

「頂戴いたす」

磐音は思わぬことに女三人から祝いの酌を授かった。

「なんとも馳走にございました。この盃、それがしの家宝にいたします」

と小袖の襟元《えりもと》から懐紙を出して、盃を包み込んだ。

「今津屋どの、先ほどのお尋ねにお答え申します。おこんさんの言うとおり、今宵から、今津屋の奥はお佐紀どのの城にございます。主どのをお助けするのは、もはやお佐紀どのしかおられませぬ」

磐音の言葉を女三人と吉右衛門が注視して聞いていた。

座のあちらこちらでは祝い歌など歌いだす者もいた。

「お佐紀どの、慣れぬ江戸の暮らし、それも今津屋の大所帯を奥から支えることは、大きな心労かとお察し申します。あれもこれも最初からうまくこなそうとお考えになれば、心労は嫌でも深まります、それはお佐紀どのにとっても今津屋にとっても決してよきことではございますまい。お佐紀どの、戦陣にある大将、それを城中にて守る奥方は、瑣事《さじ》に拘泥せず、端然とその場にあるだけで、その御用はすでに相務められているものかと存じます。細かきことは、おこんさん、由蔵どのら奉公人にお任せして、高みから今津屋の大きな動きをご覧になっていてくだされ。心を砕く大事があらば、必ずや主どのから相談がございます」

磐音の言葉に吉右衛門が首肯し、お佐紀を見た。

「お佐紀、私のかたわらに従うことで今津屋の諸々が見えて参りましょう。それまで焦らないことです」

「それでよろしいのでございますか、旦那様」

「私は、亡きお艶に悪いことをしたと悔いております」

吉右衛門が思いがけないことを言い出した。

「旦那様、悪いこととはどのようなことにございますか」

お佐紀が真剣な表情で問うた。

その場の雰囲気を察したか、お艶の実兄の赤木儀左衛門が姿を見せて座に加わった。

「お艶は私にとってなににも替えがたき伴侶《はんりょ》でした。だが、私がお艶のその心情に応《こた》えたかといえば、今でも心が痛みます。お艶は体が弱いこともあって、私に負担をかけまいと、心に思い迷うことの半分も話さなかったのです。お艶はそのことが寂しかったのではないかと思うて、悔いております」

「吉右衛門どの、それは違う。お艶ほど果報者の嫁はおりませんでした。わが妹ながら、我儘《わがまま》放題に吉右衛門どのに甘え、死に際しては、吉右衛門どのやおこんさんに伴われ、お武家様の坂崎様に背負われて大山参りすら果たしました。なんの不満もない、よき生涯でございました」

と儀左衛門が、祝い酒に酔った顔で言い切った。

「儀左衛門様、有難きお言葉にございます」

「吉右衛門どの、お艶は私の妹です。その兄がこの祝いの席に招かれ、たれよりも喜んでいることの意味、お艶が一番承知ですぞ」

頷いた吉右衛門がお佐紀に、

「お佐紀、そなたには私の弱き心も見てもらいましょう。そなたも苦しきこと、迷うことあらば、この吉右衛門に話してくだされ」

「旦那様」

と小さな声で叫んだお佐紀がその場に顔を伏せた。

四つ（午後十時）前、磐音は速水左近と和子の乗り物を警護して表猿楽町への道を歩いていた。

磐音は吉右衛門とお佐紀ならば必ずやうまくいくと、祝言の様子を見て確信していた。そのことを、その場にある者全員が喜んでいた。

身分を超えての和気藹々《わきあいあい》とした祝言であった。

だが、列席のどの客よりも奉公人が、主の吉右衛門が後添いを得たことを掛値なしに喜んでいた。その気持ちが台所や店先にまで溢《あふ》れていた。それがまた招かれた客の心を温かくも和やかなものにしていた。

「坂崎どの、よき祝言であったな」

乗り物の中から速水左近の満足そうな声が聞こえた。

「いかにもさようでございました」

「そなたが媒酌人の話を持ち込んだとき、正直申して迷うた。一瞬のことであったがな。だが、今にして思えば、迷うた心が恥ずかしいわ。われら夫婦にもよき祝言であり、教訓となった」

「まことにお疲れさまにございました」

「坂崎どの、大威張りで上様にご報告できよう」

「速水様、上様もご存じと知り、今津屋どの、感激一入《ひとしお》の様子にございました」

「うーむ」

　と頷いた速水が、

「この次は、坂崎どの、そなたの番よのう」

「同じ祝言とは申せ、こちらは裏長屋住まいの輿入れです。あっさりとしたものになりましょう」

「はてのう。周りがそれを許すかどうか」

「それは困ります」

　速水の笑い声が起こったとき、乗り物は表猿楽町の速水邸の門前に到着していた。門前は主夫婦の帰りを待って大きく開かれ、用人の鈴木平内らが待ち受けていた。

「ただ今お帰りにございます」

「坂崎どの、お役目ご苦労に存ずる」

　乗り物が門内に入れられ、式台の前で停止した。

　速水左近と和子が乗り物から降り、和子が磐音に、

「坂崎どの、茶など差し上げとうございます。暫時、時間《とき》をお貸しくだされ」

「奥方様、すでに刻限も遅うございますれば、ご迷惑がかかります」

「奥が折角勧めておる、上がれ上がれ。それがしが見るところ、そなた、酒も飲んではおるまい」

「いえ、奥方様方のお酌にて頂戴いたしました」

「三杯ばかりの酒だけではないか」

珍しくほろ酔い加減の速水にも勧められ、用人に手を取られるように速水邸の書院へと通された。そこで用人を交え、上機嫌の速水夫妻と軽く一献して磐音が表猿楽町の屋敷を出たのは、九つに近い刻限であった。

今津屋を出るとき、おこんが、

「今晩はお店に戻ってね」

と囁いた。

「相分かった」

おこんとの約定《やくじょう》を思い出しながら、ひたひたと屋敷町から神田川沿いに戻ってきた。

今津屋の裏長屋には祝言の膳と酒が届けられており、武左衛門が柳次郎に、

「もはや客は帰られたようじゃな」

「そのようだな。この長屋には在所からお見えの客が何人も滞在なさっておられるが、最前戻ってこられたようだ」

「となれば、柳次郎、もはや、われらがお役目は終わったも同然じゃ。この料理で一献始めるとするか」

「旦那、夜明けをもってわれらが役目は終わるのだ。これからが本式の見回りじゃ。参るぞ、見回りにな」

「一杯くらい飲んでも大事ないと思うがな」

と未練を残す武左衛門を、柳次郎は強引に長屋から連れ出した。

長い一日が終わった今津屋は森閑としていた。

木刀を携えた二人は米沢町の通りに出て、両国西広小路へと回った。無人の広小路を十五夜の月が朧《おぼろ》に照らし付けていた。

かすかな物音がして、今津屋の潜り戸が静かに内側から開かれた。

「おや」

と言いかける武左衛門を制したのは柳次郎だ。その眼前に立ち現れたのは三河万歳の太夫であった。

目と目が合った。

「おぬし、なんだ」

武左衛門が誰何《すいか》した。

「うっ」

と言葉に詰まった太夫が、

「祝いの席に招かれた三河万歳にございます」

と答えた。

「そのようなこと聞いてはおらぬ。怪しげな奴《やつ》かな、店に尋ねる」

と柳次郎が言ったとき、太夫が豹変《ひょうへん》して舌打ちし、

「黙って見逃せば怪我《けが》もしなかったものを」

と吐き捨てた。

「昼間から店に忍んで店の金子《きんす》を盗んだか」

「そいつはこれからよ」

と太夫が合図を送った。すると広小路の見世物小屋の陰に潜《ひそ》んでいた男たちがばらばらと姿を見せた。てんでんばらばらの装束に手拭《てぬぐ》いで盗人被りをして面を隠していた。腰に長脇差を差し落としている者、棍棒《こんぼう》を手に持つ者、懐に匕首《あいくち》を呑《の》んでいるのか、素手の者もいた。

「柳次郎、なんだ、こやつら」

「寄せ集めの盗人のようだな」

「それにしても多勢に無勢だぞ。柳次郎、どうするな」

と臆病風《おくびようかぜ》に取り付かれた武左衛門に、

「強い味方が現れたぞ、旦那」

と柳次郎が顎《あご》で浅草御門の方角を差した。

麻の継裃を着た磐音が異変に気付いて走り寄ってきた。

「坂崎さん、三河万歳め、お店の暗がりに隠れ忍んでいたとみえる」

「なんと、金兵衛どののご託宣がぴたりと当たったぞ」

磐音が加わり、急に元気が出てきた武左衛門が、

「坂崎さんが加わって陣容が揃ったが、無償では竹村武左衛門、丹石流《たんせき》の腕前が存分に振るえぬな」

と嘆いた。

「竹村さん、明日にもそなたの働きは老分どのに報告して、応分の謝礼を出していただこう」

「おおっ、それを聞いて勇気百倍にござる」

と磐音に答えた武左衛門が、

「そのほうらの浅知恵に、この竹村武左衛門がひっかかると思うてか。

「そなたらの魂胆、とうに見抜いておったわ！　参れ」

と木刀を翳して太夫に飛びかかっていった。

「竹村さん、祝言の夜だ。追い散らすだけでよい。血を流してはなりませぬぞ」

と言うと長船長義を抜き、峰に返した。

「おい、てめえら、この今津屋の後見どのはな、神保小路《じんぼうこうじ》の直心影《じきしんかげ》流道場、佐々木玲圓先生の高弟だぜ。おめえらの十人や二十人の素っ首を叩《たた》き落とすくらいわけはねえんだよ！」

と珍しく柳次郎が巻舌で啖呵《たんか》を切り、その瞬間に勝敗は決していた。

第二章　鰻屋の新香

一

　表の騒ぎが鎮まり、三河万歳の太夫と才蔵を頭《かしら》とした盗人たちが夜の闇《やみ》に逃げ散った後、臆病窓《おくびょうまど》が開いて新三郎の顔が覗き、その場にいる三人の姿を認めて潜り戸が開かれた。

　新三郎の他に、心張棒《しんばりぼう》を持った奉公人たちが二、三人姿を見せた。

「後見、どうなされました」

「祝いに来た三河万歳の太夫が店に隠れていて、仲間を引き込もうとしたのじゃ。祝言の夜ゆえ血で穢《けが》すわけにはいかぬ。丹石流の竹村武左衛門どのが腕を振るわれて、追い散らされたところじゃ」

「それはなによりのご決断でした」

と由蔵までもが顔を見せた。

「まだ起きておられましたか」

「坂崎様も戻られると聞いておりましたし、台所で奉公人が集まり、旦那様とお内儀様の婚礼の祝い酒をいただいておりました」

「そうでしたか」

「ささっ、坂崎様、品川様、竹村様、奥へ入ってください」

おおっ
と張り切ったのは竹村武左衛門だ。

「老分どの、われらには見張りの御用が残っておるゆえ遠慮いたします」

と柳次郎が答えると、

「おいっ、柳次郎。そなた、老分どのの厚意を無にする気か。一晩に二組の押し込みも入るまい」

と武左衛門が慌てて柳次郎に応酬した。

「品川様、ご活躍の竹村様の申されるとおり、一夜に二組の夜盗も押し入りますまい。それに今宵は大勢が起きております。ささっ、中へお入りください」

と勧め、武左衛門がその言葉の終わらぬうちに潜り戸の中へと太った体をゆすって消した。

柳次郎が、

ふうっ

と溜息をつくと、

「こういうときだけ竹村の旦那は機敏なんだからな」

と嘆いた。

「そこが竹村様のよいところにございますよ。ささっ、坂崎様、ご苦労でしたな。品川様も中へどうぞ」

と誘われて、今津屋の広々とした台所へ移動した。するとすでに茶碗《ちゃわん》を手にした武左衛門が、

「いやいや、大して骨のある盗人ではなかった。それがしが木刀を振るってな、少々痛い目に遭《あ》わせ、十数人ほどを追い散らしておいた。手捕りにするのも訳はなかったが、本日は目出度き祝言の夜。血で穢すようなことがあっては後々今津屋に迷惑と慮り、軽く打ち据える程度にしておいた」

と弁舌を振るっていた。

「後見、ご苦労にございました」

と広い台所に膳を並べた中から林蔵が磐音を労《ねぎら》った。

「皆様方もご苦労でした。それにしても、本日はまことに目出度き日でございました」

磐音は改めて奉公人たちに賀詞を述べた。

「有難うございます、後見」

と奉公人たちが声を揃えた。

「速水様のご機嫌はいかがにございましたか」

「林蔵どの、速水様ご夫妻は、帰り道も終始ご満足の様子で、媒酌人を無事務めたこと、上様に大威張りでご報告できようとの仰せでございましたぞ」

「なんと、上様もうちの祝言をご存じなのですか」

天秤方《はかりかた》の政次郎《まさじろう》が驚きの声を上げた。

「速水様が上様とお二人の折り、今津屋どのの仲人を引き受けることになりましたとご報告なさると、今津屋の媒酌の大役、無事に務めよ、と何度も念を押されたそうです」

「聞いたかい、みんな。今津屋の旦那の祝言をよ、公方《くぼう》様もご存じとよ。さすがは江戸の両替商六百軒を束ねる両替屋行司だぜ。これで、旦那とお内儀に子が授かれば万々歳、今津屋も末代まで栄えるぜ」

その場に混じっていた町内の鳶《とび》の頭が磐音の言葉を受けたため、一座が沸いた。

「ご苦労さまでした」

おこんが磐音と柳次郎の席を由蔵の隣に作って座らせた。

武左衛門はもはや酒好きの奉公人たちの真ん中にどっかと座り、片手に茶碗酒、片手に箸《はし》を持って蒲鉾《かまぼこ》かなにかをつまみながら、談論風発の様子だ。

「奥は恙《つつが》無くお休みになれたかな」

磐音が遠慮がちにおこんに訊いた。

「お色直しの後、お二人で離れ屋に引き上げられ、静かな一夜を過ごされておられるわ」

「まずは目出度い」

「今宵は十五夜だから、お二人一緒に離れ屋からご覧になり、旦那様がお佐紀様に十五夜だけ月見しては片見月となる、来月の十三夜も一緒に見ようと話しかけておられました」

「ほう、そんなことが」

十五夜、十三夜の一方だけの月見は片見月と称して、忌む言い伝えがあった。吉右衛門は片見月にひっかけて、十三夜も一緒に時を過ごそうとお佐紀に話しかけたという。

「旦那様とお内儀様、間違いなく幸せな夫婦《めおと》になられましょう」

由蔵が言い、おこんが熱燗《あつかん》の徳利を磐音に差し出した。

「速水様と和子様に引き止められ、お屋敷で酒を馳走になった。それがしはもう十分だが、品川さんは喉が渇いておられよう。おこんさん、品川さんに酌を願おう」

「私の喉が渇いたのは、竹村の旦那の面倒を見たせいです。なにが自らの発案で、この柳次郎を誘い、今津屋の夜番を申し出た、ですか。坂崎さんがわが家に見えて、まだ老分どのにも断っておらぬゆえ、差し当たって無償で夜回りをと言われると、ただの仕事はお断りいたすとあっさりと断ったんですよ」

と恨《うら》めしげに武左衛門を見た。

「品川様、そう仰《おつしや》いますな。すぐ分かる嘘をつかれるところが、竹村様のお人柄が出ておって面白い」

と由蔵に再び慰められ、おこんに酌をされて、

「祝い酒、頂戴いたします」

と美味《うま》そうに飲み干した。

夜明け前、磐音、柳次郎、武左衛門の三人は両国橋を渡って本所深川へ戻っていった。

磐音と柳次郎は折り詰めに入れられた祝言の料理を手に提げていた。

磐音のそれは武左衛門のものだ。

武左衛門は空《す》きっ腹にぐいと茶碗酒を空けたために足元がふらついていた。

そこで磐音が預かることにした。

「旦那、しっかりと歩かぬか。普請場《ふしんば》に出る職人衆が笑っておるぞ。ほれほれ、欄干《らんかん》に近付くと危ないぞ」

柳次郎が片手で武左衛門の後ろ帯を摑《つか》んで橋の真ん中に戻した。

「柳次郎、そなたはなぜかくも姑《しゅうとめ》のように口煩《くちうるさ》いのか。それがし、一人で橋くらいは渡れるぞ」

と言いながらも武左衛門はよろめいた。

「品川さん、左右から竹村さんを挟んで行きましょう」

「世話の焼ける旦那だぜ」

と言いながらも柳次郎は武左衛門の動きに目を配っていた。

「のう、坂崎氏《うじ》、柳次郎どの、よい祝言であったな。このような婚礼が月に二、三度あるとよいのだがな」

武左衛門と柳次郎の懐にはしっかりとご祝儀の一両が入っていた。由蔵が、

「本日は今津屋にとって格別な日です」

と一両を奮発したのだ。

「その度に旦那の世話をするのでは堪《たま》らん、断る」

「なにっ、柳次郎どのは断るのか」

「なにが柳次郎どのだ」

と柳次郎に邪険にされた武左衛門は、

「のう、坂崎氏、そなたと次なる祝言に参ろうかな」

「ご一緒しますか」

と返答した磐音に、

「坂崎さん、安請け合いをしては駄目ですよ。酔っ払いのくせに、そういうことはよく覚えているんですから」

と柳次郎が言った。

三人はようやく橋を渡り切り、人の往来が少ない両国東広小路から回向院《えこういん》の脇《わき》を抜けて、御竹蔵の東側に出た。

旗本御家人の屋敷が連なる南割下水界隈だ。

「よいか、竹村の旦那。今度の祝言の花婿は坂崎さんだ。旦那が出ては祝言もぶち壊しだ。その折りは長屋で謹慎しておれ」

「なにっ、柳次郎、冷たきことを申すな」

と武左衛門が足を止め、柳次郎を睨《にら》んだ。

「ところで、坂崎氏の相手はたれか」

「はあっ」

と柳次郎が呆《あき》れ顔で武左衛門を見た。

「おこんさんに決まっておろうが」

「おこんさんでよいのか」

「おこんさんでよいとはどういうことか。旦那、ほんとうに酒に呑まれておるのか」

「柳次郎、坂崎氏が好きであった女性《にょしょう》がもう一人いよう」

「許婚であった奈緒様か」

「おおっ、今や吉原一の太夫に出世なされた白鶴《はっかく》太夫だ」

柳次郎が磐音を見た。

「竹村さん、白鶴太夫はもう吉原にはおられませぬ」

「なんだと！　坂崎さん、どこに行かれた」

「落籍されて、今頃は出羽《でわ》国山形城下で新しき暮らしに入っておられましょう」

磐音はなんとなく北の空を見た。

腰を落とした武左衛門が磐音を睨んだ。

「よいのか、坂崎さん！」

武左衛門は磐音に顔を近付け、迫った。

「落籍なされた相手は紅花《べにばな》商人の前田屋内蔵助どのと申されましてな、奈緒どのを託するに信頼のおける人物にございます」

「坂崎さん、お会いになったのですか」

柳次郎が訊いた。

「会いました」

「奈緒様にも」

「はい。幾代様のご忠言どおり、奈緒どのが会う機会を作ってくれました」

「どうであった。幼馴染《おさななじ》みだぞ、その場で手に手を取り合うてどこぞに逃げ出す話にはならなかったか」

武左衛門がじれったいという仕草で詰め寄った。

「その折りは襖越しに話をしただけです」

「なんと」

今度は武左衛門が言葉を詰まらせた。

「品川さん、竹村さん、奈緒どののことではご心配をかけました。奈緒どのは新しき暮らしを歩み出されました。きっと幸せになられましょう」

磐音はきっぱりと言った。

武左衛門が磐音と柳次郎の手を振り払うように、

「おれにはできん、分からん。坂崎磐音のように落ち着いておられぬぞ。おれには理解がつかぬ！」

と叫びながらずんずん歩いていった。そして、不意に振り向いた顔には涙が盛り上がっていた。

「おれならば吉原に入る前に奈緒様を襲い、手に手をとって逃げておる。それを、それを他人に託して平然としておる坂崎磐音は、大馬鹿野郎だ！」

武左衛門の瞼《まぶた》から涙が滂沱《ぼうだ》とこぼれ落ちた。

「竹村さん」

武左衛門が走り出した。

胸を強く叩かれた思いの磐音は折り詰めを提げて従った。柳次郎が黙したまま磐音に付いて行った。


吉岡町の半欠け長屋に竹村武左衛門を送った足で、宮戸川《みやとがわ》の鰻割きの仕事に出た。顔を見た鉄五郎《てつごろう》が、

「今津屋さんの祝言、どうでしたかえ。無事に済みましたかえ」

と訊いた。

「正客様は百余人ながら、顔ぶれがなかなか壮観でござった。大名家の家老職、幕閣のお歴々から、江戸の名立たる大店《おおだな》の主《あるじ》どのが顔を揃え、和やかにも恙無く終わりました。招いたお客様が引き上げられてから奉公人の方々も祝いの膳を囲みましたから、本日はたれもが徹宵明けの仕事にござる」

磐音は半欠け長屋から戻る道々、武左衛門が投げ付けた非難を一時胸の中《うち》に封

印して気分を変えていた。

「ということは、坂崎さんも夜明しでしょうが。そんなときはうちの仕事は無理することはないですよ」

「日頃から無理ばかりを申しております。一晩の夜明しくらいでは鰻割きに支障はござらぬ」

「坂崎さん、今津屋さんに祝いをと思うたが、しがない鰻屋にできることは知れていまさあ。そこでさ、今日にも旦那様と新しいお内儀様に鰻を届けようと思うんだが、どうだえ」

「それはよい考えです。昼過ぎには今津屋に戻るゆえ、その折り、それがしが運んで参りましょう」

「なにもお武家様の坂崎さんがそんなことをすることはねえや。わっしが祝いを言いがてら届けますよ」

「ならばご厚意に甘えさせていただこうか」

秋が深まり、鰻の客足が落ちていた。

それでも日増しに、

「深川鰻処宮戸川」

の名は広まり、大川を渡って通たちが食しに訪れた。

次平《じへい》、松吉《まつきち》、幸吉《こうきち》に磐音を加えた四人はひたすら鰻と格闘した。

井戸端では女将《おかみ》のおさよが小女《こおんな》のおもとを相手に、数日、天日に晒《さら》した細根大根を漬け込もうと仕度をしていた。俗に、

「鰻屋の新香」

と言って、鰻屋の新香は鰻料理屋の自慢の一つであった。

鰻を焼くには時間がかかった。そこで新香が酒飲みのつなぎの役を果たすのだ。それだけに、京菜、大根、かぶ、胡瓜《きゅうり》、茄子《なす》、奈良漬と、どの店も自慢の美味い新香を出した。

その仕度は宮戸川では女衆《おんなし》の仕事だった。

磐音が幸吉の手元を見ると、夏前に割き包丁を持たされたときよりも格段に腕を上げ、三人に比べて数はこなせないものの、丁寧な仕事ができるようになっていた。

「幸吉、上手《うま》くなったな。それならば親方に、焼きに回してもらえよう」

磐音の言葉に幸吉がにっこりと笑い、なにか喋《しゃべ》りかけたが、

「有難うございます、坂崎様」

と他人行儀に挨拶をした。

「おや、幸吉ったら、鰻割きの技と一緒に言葉遣いまで覚えたね」

と姉《あね》さん被りのおさよが笑いかけた。

「女将さんがいるからですよ。いねえとすぐに深川育ちの地を出しやがる」

と松吉がにべもなく言い放った。

「ほう、そうなのかえ、幸吉」

「女将様、松吉兄さんの申されるとおりにございます」

と手を休めることなく幸吉が答えた。

「女将さん、聞いたかい。小馬鹿にしてよ、あの言い草だ」

「まあ、前よりはだいぶよくなったよ」

おさよが満足そうに笑ったが、折りよく井戸端に出てきた鉄五郎が、

「おさよ、松吉の言うとおりだぜ。油断するとすぐに螺子《ねじ》が戻りやがる。身に染むまで包丁捌きと言葉遣いを覚え込ませるには、こっちが気を抜いちゃならねえ」

と釘を刺した。

磐音は宮戸川の帰りに六間湯に立ち寄り、昨日からの疲れと鰻の臭《にお》いが消えるまで体を糠袋《ぬかぶくろ》で擦《こす》り、湯に浸かった。

「やっぱりこの刻限は湯だねえ」

と金兵衛が姿を見せた。

「金兵衛どの、お早うござる」

「お早うござるはいいが、今津屋さんの祝言は滞りなく終わったかね」

「些細《ささい》な騒ぎがございましたが、大過なく済みました」

「となると、おこんはいつ奉公をよすかね」

と金兵衛の気持ちは先に行った。

「祝言の場でお佐紀どのから、皆様の手伝いなしには今津屋の大所帯を最初から守りきれぬと案じる言葉が聞かれました。そこで皆様が、おこんさんや老分どのの助力でおいおい今津屋の切り盛りを覚えていかれるがよかろうということになりました。おこんさんが今すぐ今津屋の奉公を辞するというのはいかがでござろうか」

「明日明後日の話じゃないが、いつまでものんべんだらりと奉公するわけにもいくまい。いいかい、坂崎さん、おまえ様がしっかりして、そのことを吉右衛門さんに掛け合ってくださいよ」

「はあっ」

と金兵衛の勢いに圧《お》されたように磐音は答えた。

「そうだ。昨日、豊後関前藩の若いお侍が長屋に見えて、言伝《ことづて》を置いていかれましたよ」

「たれであろう。文を残しましたか」

「結城《ゆうき》様と申される方ですよ」

「秦之助《しんのすけ》ですか」

「文を預っておりますよ」

「それはかたじけない」

なんぞまた厄介《やっかい》が起こったかと、関前に戻った父正睦《まさよし》のことを案じた。

二

結城秦之助が届け、金兵衛から受け取った文は、関前藩物産所組頭《くみがしら》中居《なかい》半蔵《はんぞう》が差出人であった。分厚い文には別の書状が入っているように見受けられた。

長屋に戻った磐音は格子《こうし》窓を開き、風を入れ替えた。主が一晩留守をした部屋は冷気が留まっていた。ぼんやりと射《さ》し込む陽射《ひざ》しの中で封を披《ひら》いた。果たして、中居半蔵の短い文とともに父正睦の書状が出てきた。

磐音はまず半蔵の文を読んだ。

「坂崎磐音殿、ご家老らを乗せた藩御用船が佃島《つくだじま》沖を出立してはや三月《みつき》、光陰矢の如《ごと》しとは正にこの事か。そなたにも無沙汰《ぶさた》をしており申す。江戸藩邸の利高《としたか》もの狂い騒ぎもようやく静まり、藩屋敷一体となって立て直しを図っておる所に御座候。

坂崎、江戸での粛清の余波にて、正睦様ら帰国後、国許《くにもと》でも関前藩六万石の百年の礎を改めて築かんとて果敢に腕を振るわれし由。ご家老の心中、慙愧《ざんき》の思いに責め苛《さいな》まれた事とお察し致し候。ともあれ、関前藩は刷新を終え、新たな藩政改革の詰めに向けて江戸、国許と相協力し歩むべく覚悟を新たに致しおり候。

さて、昨日国許より船便にて御用便が届き候。その中に、正睦様がそなたに宛てられた封書と荷を認め候ゆえ、まずはご家老の書状を同封致し候。

荷はそなたの指図どおりに致す所存ゆえ、屋敷に取りに来るなり届けるなり至急連絡を下されたく候。　半蔵」

とあった。

磐音は半蔵の文をゆっくりと戻し、小柄《こづか》の先で封を切り、父からの封書を披いた。その瞬間、関前の坂崎家の匂《にお》いが漂ったように感じられた。

「坂崎磐音殿、江戸逗留中は諸々そなたの世話に相成り候。正睦生涯を通じて感慨深き江戸滞在ならんと遠き地にて追憶致しおり候。
一、日光社参同道に際して想像だにしなかった上様拝謁《はいえつ》に御座候。
一、江戸屋敷の粛清に御座候。
一、坂崎家の嫡男《ちゃくなん》の行く末をおこん殿に託す覚悟を致せし事に御座候。
国許関前に帰国後、江戸家老福坂利高殿に与《くみ》し面々の糾明と処断を終え候。利高派と目されし主導的な家臣は三名にて、正睦自ら取り調べし結果、これまでの所、左程の活動を致した痕跡薄く、三名の者には家禄《かろく》半減、当分の間謹慎の上出仕適わずの沙汰《さた》を選び、江戸在府中の実高様に御伺い致し候所、正睦の判断を支持するとのお許しあり、これにて決着致し候。

向後も国許家臣一同心を一にして藩政立て直しに邁進《まいしん》せんものと心を引き締めおり候。

さて、わが屋敷に戻り、江戸土産《みやげ》の数々をみなに披露致し候所、大感激の体《てい》にて伊代《いよ》など他家に嫁ぎし身なれど幼き娘のように喜び、これが江戸の産物にございますかと恍惚《こうこつ》たる表情を見せおり候。

数多《あまた》の土産の白眉《はくび》は今津屋老分番頭由蔵殿が父に密かに届けられし、浮世絵師北尾《きたお》重政《しげまさ》殿の手になる『今小町花之素顔』なる五葉の絵に候。照埜《てるの》などは、おおっ、このお方が磐音のお相手ですか、かように美しき女性《にょしょう》が嫁とは磐音は果報者なり、と欣喜《きんき》致した後に感涙に咽《むせ》び、なんとも忙《せわ》しき、おこん殿との絵の上での対面に御座候。われら一族、いつの日かおこん殿をそなたの嫁として豊後関前に迎えん事を話し合い致し候。

磐音、江戸にても話し合い致せしが、そなたが関前を、坂崎家を出でて江戸に活動の場を選びし背景に藩騒動が介在致せし事明白也。なれど、関前の頸木《くびき》を離れし事がそなたに活躍の場を広げし事もまた事実也。

江戸にてそなたが今津屋など商人《あきんど》衆、上様御側御用取次速水左近殿、佐々木玲圓先生などご剣友、御典医師桂川甫周殿らと交友を持ちつつ、多忙な身を過ごせし事、正睦、次なる飛躍のために力を溜《た》める時期かと愚考致し候。

磐音、瑣事に拘泥する事無く大きく天に羽ばたかれん事を、国許にて父も見守り度く候。そのためにはおこん殿の助力がなによりも欠かせぬものと考えおり候。

どうかおこん殿大事に暮らされん事を坂崎家一同祈願致し候。

最後になりしが、今津屋吉右衛門殿の祝言近々と推察致しおり候。

藩の御用便にてささやかながら祝いの品を託し候故、藩邸の中居半蔵と連絡を取り、今津屋殿に届けられん事を願い上げ候。

向寒の砌《みぎり》、そなたもおこん殿も御体専一に過ごされん事を祈念致し候。　坂崎正睦」

磐音は父からの書状を繰り返し読み、関前藩と坂崎家のことを追憶した。そこは父が言うように後戻りできぬ地であった。

藩改革に絡《から》むことがきっかけになったとはいえ、藩を離脱したのは磐音自身の考えであった。

小林奈緒が新たな途を選び、雄々しくも未知の土地へと旅立った今、磐音がなすべきことは茫漠《ぼうばく》としていた。

だが、右顧左眄《うこさべん》することなくおこんと手を携え、新しき時世を生き抜こうと心を新たにした。

八つ半（午後三時）過ぎ、磐音は両国橋を渡り、東広小路から西広小路へと向かっていた。一刻半《いっとき》（三時間）ほど仮眠を取ったせいで元気を取り戻していた。

今津屋に立ち寄り、なんの御用もなければ豊後関前藩の中居半蔵に連絡を取ろうかと考えての行動だった。

今津屋ではいつもどおりに店を開けていた。

「坂崎様、ご苦労にございました」

と声をかけてきた由蔵の両眼は不眠のせいでしょぼしょぼしていたが、老分以下奉公人たちは張り切っていた。

「今津屋どのとお佐紀どの、ご機嫌いかがですか」

「お二人とも爽《さわ》やかなご様子にて、ただ今媒酌人速水様のお屋敷にお礼に行かれております」

「それを聞いて安心いたしました」

速水左近と和子への挨拶は昨日から決まっていたことだ。吉右衛門は、

「後見も同道してくだされ」

と願った。

「それがしが案内役として同道いたすことは、いたって簡単でございます。ですが、この際、今津屋どのとお佐紀どのお二人のほうが、なにかとよろしいのでは

ありませぬか」

浪々の者が両替屋行司の今津屋夫婦を伴い、上様御側衆の屋敷に親しげに訪問することは芳しいことではあるまい、と磐音は遠慮した。由蔵も、

「旦那様、速水様はすでに旦那様とお内儀様の媒酌人にございます。ここはお内儀様と水入らずでのお礼挨拶がよろしいかと存じます」

と磐音の考えに賛意を示して、手代らを供に夫婦での屋敷訪問となったのだ。

「老分どの、国許の父から書状が参りまして、江戸滞在中は今津屋様方にご親切を受け、まことに有難いことであったと礼を申しておりました」

「国許のほうの騒ぎに一段落つきましたかな」

磐音は頷くにとどめた。関前藩の恥部を、敢えて言葉にすることもあるまいと思ったのだ。

「数多土産を頂戴した中でも坂崎の家で大好評を博したのは、老分どのの気遣いと格別に記してありました」

「あら、なにが格別な気遣いなの」

奥からおこんが顔を出した。

おこんの顔にはどことなく疲れが漂っていた。祝言前から仕度に奔走して寝る

間も削って働いてきたのだ。それが祝言を無事終えて緊張が解けた結果、疲れが顔に出たのであろうか。

「父上から書状が来たのだ。その中で、おこんさんの浮世絵がわが屋敷で一番の人気と書いてこられた」

「あら、嫌だ。浮世絵に描《か》かれるなんて軽々しい女と思われたのではないかしら」

「おこんさんが北尾重政絵師に頼んだわけではない。そのことは正睦様にくれぐれもこの由蔵が申し添えておきましたからな、勝手に描かれたおこんさんには責任がありませんし、坂崎様のお身内はそのようなことは微塵《みじん》も考えておられませんよ。それよりおこんさんの絵をご覧になった皆様の光景が、目に浮かぶようではありませんか」

「老分さん、私、自分がどのように描かれているかなんて知らないんですよ。不安で、気持ちが落ち着きません」

「北尾重政の腕前を信じなされ。私はとくと拝見しましたが、なかなか清楚《せいそ》にして美形に描かれておりました。あの絵ならば坂崎様のお母上がご覧になっても大丈夫です」

「老分さんの太鼓判では安心できません」

「おこんさん、母上は、かようにも美しき女性が嫁とは、磐音は果報者なりと感激なされたと、父上が記して参られた。そして、いつの日か、磐音の嫁として豊後関前におこんさんを迎えたいとも付記してござった」

「ほんと、ほんとなの」

「虚言など弄さぬ」

おこんはしばし沈黙して物思いに耽《ふけ》っていたが、小さな声で呟いた。

「よかった」

「万事目出度し目出度しです、おこんさん。この次は坂崎様とおこんさんの番ですからな」

「いつになるやら」

おこんが思わず洩らした。

「おこんさん、私にはそのような経験はありませんが、その日を待つときが一番楽しいのではありませんか。となれば、先になればなるほど楽しみが大きくなるということですよ」

「そうかしら」

おこんが由蔵の言葉に曖昧《あいまい》な顔をした。

「おこんさん、顔に疲れが出ておる。今宵は早く休まれよ」

と磐音が言うと、

「あら、隈《くま》が出ているの」

とおこんが手を顔に当てた。

「それがし、関前藩邸まで行って参る」

おこんと由蔵が、珍しいことがあるものだという顔で見た。藩を離れて以来、自ら望んで藩邸に近寄ろうとはしなかった磐音を二人とも承知していたからだ。

「父上が今津屋どのの祝言はそろそろのはず、祝いの品を藩邸に送ったと書いてこられたのだ。取りに参る」

祝いの品なら一日でも早いほうがよいと磐音は考えたのだ。それに過日の利高もの狂い騒ぎの折り、実高の直々の命で磐音自身も藩邸の騒乱鎮圧に加わっていた。藩を離れた磐音が今も藩と関わりがあることをだれもがあの折り明確に承知したのだ。荷を取りに行くくらい支障はあるまいと考えたのである。

「なら帰りに寄るわね」

「祝いの品を受け取ったらすぐにも今津屋どのにお届けしたいでな、そういたす」

「坂崎様がお戻りになる頃には旦那様もお内儀様も帰っておられましょう。お待ち申しております」

磐音は帳場格子《ごうし》から土間に下りると、

「また後でお伺いします」

と奉公人らに挨拶して今津屋を出た。

駿河台《するがだい》の豊後関前藩屋敷で、門番に中居半蔵への訪《おとな》いを告げた。すると門番が、

「坂崎様、どうかお入りください」

と案内していこうとした。

「ここで待たせていただこう」

磐音がなにものか家臣のだれもが承知のこととはいえ、藩を離れた者が公然と屋敷に出入りしてよいわけがない、と磐音は門前で待つことにした。

「そうですか。中居様も、坂崎様ならいつでも出入りは勝手と申されておられましたが」

と言いながら、玄関番の若侍へと取次ぎに走った。

磐音はしばらく門前で待たされた。磐音が門前の通りを行き交う武家の姿を眺めていると、

「おおっ、坂崎、なにを遠慮しておる。早う入って来ぬか」

と式台に仁王立ちになった中居半蔵が声をかけてきた。

「お邪魔いたします」

ようやく門を潜った磐音が式台の前に行き、

「書状をいただき、父からの荷を受け取りに参上しました」

と挨拶した。

「だが、その前に、殿がそなたの顔を見たいと仰せになっておられる。上がれ」

「実高様にそれがしの来訪を告げられましたか」

「迷惑か」

「いえ、恐縮にございます」

「ともあれご挨拶して参れ」

「重ねてのお言葉ゆえお目通りさせていただきます」

磐音は内玄関から屋敷に上がった。

福坂実高は、夕暮れ前の光が散る庭に面した書院で書き物をしていた。

廊下に座した磬音が、

「殿、坂崎磬音、参上いたしました」

「そのような堅苦しき挨拶はよい。近頃どうしておった」

「昨日、今津屋どのの祝言が、上様御側衆速水左近様ご夫妻の媒酌にて執り行われました」

「おおっ、なんと。予は知らなかったぞ」

　と驚きの声を発した実高が、

「磬音、なぜ知らせなかった。祝いの一つもせずばなるまいが」

　実高も半蔵も驚いた様子があった。

「殿、中居様、今津屋どのは後添いを貰う祝言ゆえ内々に済ませたく、できるだけ招客も少なくとの意向にて、お知らせを遠慮いたしました」

「とはいえ、天下の今津屋の婚礼だぞ。そうそう親族ばかりでひっそりというわけにもいくまい」

「正客は百人ほどにて、日光社参の関わりもございまして武家方が半数を占めておられました」

「ほれみろ。それに上様御側衆の速水どのが媒酌とあらば、わが藩も是非お招きいただきたかったぞ」

「今の今津屋どのの媒酌をなす町人となると、あちらを立てるとこちらが立たずと、苦慮の末に速水様にご媒酌をお願いしたのでございます。上様も今津屋どのの祝言を気になされておられたとか」

「そうか、上様も承知の婚礼か。その席にわが藩は出られなかったか」

実高はなんとも残念そうな顔で半蔵を見た。

「殿、わが藩はちゃんと招かれておりますぞ」

「なにっ、たれが出たと申すか。予は知らぬぞ」

「豊後関前藩金兵衛屋敷用人坂崎磐音が出ております」

と半蔵が答え、実高が磐音に問うた。

「そなたがわが藩を代表して出たか」

「はっ、僭越ながらそのようなことかと」

磐音は困惑の体で答えた。

「そなたが関前藩の立場で出席したとあらば、致し方あるまい。半蔵、なんぞ祝いを考えよ」

と半蔵に命じた。

磬音が背に大荷物を負って今津屋に戻ったのは、店がそろそろ暖簾を下ろす刻限だった。

「おおっ、小僧を一人付けるんでしたな」

磬音の姿を認めた由蔵が言った。

「なんの、駿河台からです。さほどの道のりはございません」

「いえ、お武家様が大荷物を背負って歩かれるのはちと憚《はばか》りがございます」

「浪々の身ゆえ、内職の荷を納めに行くと思えばなにほどのことがございましょう」

「いえ、坂崎様はうちの後見にございますからな」

「おおっ、今津屋の体面にかかわりましたか。これは考えなかった」

と答えた磬音は、

「今津屋どのとお佐紀どのはお戻りですか」

「速水様は、それがしでできることならばなんなりと申せと言われたとかで、だいぶ話が弾んだようでございます」

「それはようござった。父上がなにを送られたか、店先をお借りして荷解《にほど》きいたします」

「そうしなされ」

と由蔵も手伝う格好を見せた。

油紙で包まれた荷を、半蔵に借りた大風呂敷に包んで担いできたのだ。風呂敷を解き、油紙を開くとさらに、関前城下で漉《す》かれた紙に包まれたものが現れた。

吉右衛門殿祝いと書かれた包みと、お内儀殿祝いと書かれた包みの他に、おこん殿へと記された包みの三つが出てきた。

「坂崎様、これ以上は奥でお開けなされ」

と由蔵が言い、磐音が三つの包みを抱えた。

奥座敷で吉右衛門とお佐紀が談笑していた、廊下にはおこんの姿もあった。

「お邪魔してよろしゅうございますか」

「坂崎様、昨日はお世話になりました。本日、速水様にご挨拶申してほっと肩の荷が下りました。それもこれも坂崎様のお蔭《かげ》と、お佐紀ともども語り合っていたところです」

「それがし、なんのお役にも立っておりませぬ。その代わりでございましょうか、関前から父が今津屋どのとお内儀どのに祝いの品を送って参りました。江戸とは違い、国表《くにおもて》のことです。珍しき品ではございますまいがお納めくだされ」

「なにっ、正睦様が私どもにお祝いを。お佐紀、思いがけなくも喜ばしいことですが、なんでございましょうな」

磐音は吉右衛門とお佐紀へそれぞれに包みを差し出した。

「それにこれは、父上がおこんさんへと送ってこられたものじゃ」

「旦那様とお内儀様ばかりか、私にまでですか」

三人がそれぞれの品を開き始めた。

「おおっ、これは」

最初に声を上げたのは吉右衛門だった。目の詰まった花梨《かりん》材で造られた硯《すずり》箱だった。

「なんと風合いがいい木肌にございましょう。大事に使わせてもらいます」

石、墨、筆、水入れ、手道具など筆記具を入れる小引き出しを開いて、

「この細工の実に見事なこと」

と嘆声を上げた。

「旦那様、私はこれをいただきました」

南蛮からの渡来物と思える愛らしい人形で、土鈴になっていた。普段は文机《ふづくえ》に

飾っておいてもよく、用があるとき、鈴を鳴らすこともできた。名工の手になることはだれの目にも明らかだった。

「なんと愛らしいものにございましょう。初めて見ました」

とお佐紀が手で振ると、涼やかな音が響いた。

最後におこんが見せたのは、南蛮の宮殿の女官たちが集う光景が描かれた女物の扇子《せんす》で、扇面は布、骨は象牙《ぞうげ》のようだった。

「どうしましょう」

扇子を胸に抱いたおこんの目が潤んでいた。

「豊後関前は長崎にも近く、時折り南蛮渡来の品が入って参ります。それにしても、父上も母上も、これほど喜んでいただけるとは思うてもおりますまい」

磐音もほっとした。

「坂崎様、今宵は内々で祝いをいたしましょうかな」

と吉右衛門が言い出し、女たちが仕度にかかった。

三

この朝、磐音は久しぶりにたっぷりと佐々木道場で汗を流した。でぶ軍鶏《しゃも》こと重富利次郎《しげとみとしじろう》と痩せ軍鶏《や》こと松平辰平《まつだいらたつぺい》ら若い門弟たちの相手をして、打ち込み稽古《げいこ》に没頭した。

このところ、多忙を理由に稽古を疎《おろそ》かにしていた。そこで宮戸川の仕事を終えると一目散に神保小路に駆けつけたのだ。

雑念を吹き飛ばしてひたすら利次郎や辰平らの相手をしていると、体の中に溜まっていたもやもやとしたものが消えていくのが分かる。

最後に糸居三五郎《いといさんごろう》と立ち合った。

糸居は佐々木道場でも屈指の遣い手、このところ立ち合う機会がなかったが、いつの間にか技量を上げて、積極的な連続攻撃は磐音がたじたじとするほどだった。

「糸居様、失礼ながら腕を上げられましたな」

立ち合いが終わった後、磐音が話しかけると糸居が、

「坂崎さん、ほんとですか」

と喜色の声を上げた。

「屋敷に国許から剣術の熱心な上役が勤番に上がってこられましてな。その方が

江戸屋敷の家臣は暢気《のんき》すぎると、暇を見つけては当て付けのように庭で独り稽古をなさっておられます。そこでそれがしが稽古をつけてくださいとお願いすると、いやはや、動きが足りぬとか癖があるとか申されながらも、厳しい指導をしてくださいましてな。この数か月、早坂貴右衛門《はやさかきえもん》様の相手を強いられたのがよかったのであろうか」

「早坂様と申されますか、なかなかの剣術家とお見受けいたします。元々糸居様は粘り強い剣風にございましたが、さらに力強さが加わり一段と腕が上がりました。これは間違いなく早坂様のご指導の賜物《たまもの》です」

「小うるさい早坂様の指導を我慢した甲斐《かい》があったぞ」

「早坂様はおいくつでございますな」

「四十一、二かと思います。生来は馬術の達人で、江戸では馬も乗り回せぬと申されましてな、藩の許しが下りれば愛宕《あたご》山の石段を馬で駆け上がると申されております」

「そのような達人に是非にもお会いして、稽古を願いたいものです」

「坂崎さん、明日にも稽古に伴いましょうか」

磐音は住み込み師範の本多《ほんだ》鐘四郎《かねしろう》にその旨を尋ねてみた。

「うちは稽古したきものには出入り随意だ。一日二日の稽古など束脩《そくしゅう》も取っておらぬ。糸居どのの上役とあらば是非お連れせよ。われらも楽しみである」

と許しをくれた。

道場の帰り、若狭小浜《おばま》藩江戸屋敷に蘭方《らんぽう》医中川淳庵《なかがわじゅんあん》を訪ねた。

「おや、珍しき人が参られましたな」

磐音が門前で待っていると淳庵の声がして、式台脇の内玄関から慈姑《くわい》頭の友が降りてきた。

「たれぞ病にかかられましたか」

「いえ、ふと中川さんの顔を思い出し、会いたくなったのです」

「嬉《うれ》しき友の来訪かな」

と笑みで答えた淳庵が、

「ちょうど昼時分ゆえ、坂崎さん、近頃行きつけの飯屋に付き合ってください」

と屋敷を出ると、神田川を昌平橋で渡って、神田明神下の料理茶屋一遊庵に磐音を案内してくれた。

「先生、いらっしゃい」

と年増《としま》の女中が親しげに迎えた。

「おかち、今日は友を連れて参った。酒をくれぬか」

「あいよ」

とおかちが馴染《なじ》みの淳庵と磐音を、赤く染まり始めた紅葉が見える小さな庭の縁台に案内した。陽射しが落ちて風もなく穏やかな日和だ。

「神田明神下にこのような店があるのですね」

「神田明神や湯島天神にお参りの面々が帰りに立ち寄って食事をしたり、甘い物を食べたりしていくところです。昼には日替わりの飯を出してくれます。これが、藩邸の台所の飯に飽きた者には堪《こた》えられません」

と淳庵が言うところに、熱燗の酒と小鉢に入った鮪《まぐろ》の角煮が運ばれた。

「気《き》が利いているでしょう」

淳庵が磐音に酌をし、磐音も年上の友の盃《さかずき》を満たした。

「お久しぶりにございました」

二人は熱燗の酒を口に含んだ。舌先に芳醇《ほうじゅん》な甘味がまとわりついた。稽古の後の酒ゆえ、いつもより美味《おい》しく感じられた。

「桂川さんはどうなされておられますか」

「国瑞より、桜子《さくらこ》様のほうが気にかかるのではありませんか」

「まあ、それもございます」

「国瑞と桜子様、はた迷惑なくらい熱々ぶりでな、桂川、織田《おだ》両家が話し合い、近々結納を交わす手筈になったそうな」

「それはお目出度きことにございます」

「まあ、じゃじゃ馬姫と国瑞は似合いの夫婦になるでしょう」

じゃじゃ馬姫と淳庵が言ったのは、因幡鳥取《いなばとっとり》藩三十二万石の重臣、寄合《よりあい》職織田宇多右衛門《うたえもん》の息女だ。かたや桂川甫周国瑞は阿蘭陀《オランダ》医学の泰斗《たいと》桂川家の四代目で、将軍家治の御脈を診《み》る御典医の一人でもあった。これほど似合いといえば似合いの男女もない。

「坂崎さん、あなたのほうはどうです」

「どうと申されますと」

「おこんさんとのことです。いや、あなたには吉原の太夫をしておられる許婚もおられましたね」

「白鶴太夫なら、落籍されてもはや吉原を出られました」

と奈緒の変身を告げた。

「なんとのう、紅花商人に落籍されて山形に行かれたか。女は覚悟を決めると強いですね」

「前田屋内蔵助どのはなかなかの人物にございます。必ずや幸せな家庭を築かれましょう」

「となれば、おこんさんとの仲ですね」

「そのことで、ちと中川さんに相談がございます」

「ほう、相談とはなんですか」

「近頃、どことなくおこんさんが気鬱《きうつ》な表情を見せます。本人はすぐに気付いて直すのですが、それがどうも気にかかりましてね」

「あなたがいなければ、おこんさんにたれぞ好きな人ができたかと訊きたくなるが、そうではない。どこか体に痛みがあるとか洩らされましたか」

「いえ、それはなかろうかと思います」

磐音は今津屋吉右衛門とお佐紀の祝言を告げて、

「思い当たると言えばこのこと。おこんさんはこれまでと異なる立場に思い迷うているのではないかと」

「なにっ、今津屋の主が後添いを貰われたと。それですよ、坂崎さん」

と淳庵が即座に言い切った。

「十五、六で奉公に上がり、大所帯の今津屋の奥を若い身空で八、九年も取り仕切ってきたのでしょう」

「はい。なにしろ先妻どのが病がちでしたからな。どうしてもおこんさんが動くようになったのだと思います」

「つまり大店《おおだな》の内儀がこなす役どころを、おこんさんは仕切ってこられた。大変でもあったろうが、おこんさんの張りとも生き甲斐ともなっていた。それが新しい内儀が来られて、急にそのお役目から解き放たれた。気分は楽になったはずなのに、気持ちの拠《よ》り所を失ったというところでしょうかな」

「それがしもそう考えました」

「一番の特効薬はあなたと所帯を持って今津屋から出ることだが」

「今すぐにとはいきません」

「となれば、しばらく注意深く様子を見ることですね。悩みが深くなるようならば、すぐに知らせてください。薬は使いたくはないが、ないこともない」

「そのときは中川さんに相談に上がります」

一本の酒を飲み終えたところに膳が運ばれてきた。

鯛《たい》の切り身の酒蒸し、菊の花のおひたし、茸《きのこ》の炊き込みご飯と浅蜊《あさり》汁だった。

「これはなんとも美味しそうな」

「洒落《しやれ》た盛り付けでしょう。藩の台所の女中に教えたいくらいですよ」

「頂戴します」

こうなれば、磐音の眼中からは淳庵の姿が消えた。

「おお、浅蜊汁の上品な味」

とか、

「この鯛は絶品かな。炊き込みご飯とよく合うぞ」

と夢中で味を堪能《たんのう》した。すべて綺麗《きれい》に食べ尽くした磐音が淳庵を見れば、まだ半分も食べてない。

「おや、中川さんは箸が遅かったですか」

「なんの、早食いでは人後に落ちぬが、あなたの食いっぷりについ見惚《みと》れて、手が止まっておりました。それにしても美味しそうに食べられる姿は、名代の剣客とも思えぬ」

と感心した。

「はあ、食べ物を前にするとつい周りを忘れてしまうのです。これも病でしょうか」

「病どころか、壮健の証《あかし》ですよ」

と蘭方医が磐音の健康に太鼓判を押した。


翌日のこと、宮戸川の鰻割きの仕事を終えて神保小路の佐々木道場に駆けつけると、師範の本多鐘四郎が見知らぬ大兵《だいひょう》を相手に激しい申し合いをしていた。

一進一退、両者なかなかの攻守で、互いに付け入る隙《すき》がない。

鍔《つば》迫《ぜ》り合いの後、離れ際に小手と胴を打ち合い、別れた。そこで双方が竹刀《しない》を引いた。

「早坂どの、ご指導有難うございました」

「さすがに江戸で知られた佐々木道場の師範どの、見事な業前にござる」

と互いが健闘を讃え合った。

見所《けんぞ》には佐々木玲圓の姿はなかった。

「おい、坂崎、そなたも早坂どのの稽古を受けてみよ」

と鐘四郎が磐音の姿を見て、言いかけた。

磐音が、糸居三五郎の言っていた馬術の達人かと思ったとき、

「ほう、この御仁が居眠り剣法の持ち主ですか」

と早坂貴右衛門が先に言い、意気込みを見せて両眼がきらりと光った。

「師範との申し合いの直後にございますれば、もうしばらく後にお願い申します」

「坂崎氏《うじ》、それがしならば構わぬ」

「ならばお願い申します」

額に汗を光らせた早坂と磐音は道場の中央で対峙《たいじ》した。稽古をしていた門弟たちもすうっと壁際に退《ひ》いて対決を見守る様子を見せた。

早坂は六尺二寸、体重は二十四、五貫の偉丈夫だ。それに大きな顔に鋭い眼光を放つ目玉があった。対峙する者はまず早坂の立派な体格と眼光に威圧された。

両者は立ち礼をすると互いに竹刀を構え合った。

磐音は長さ三尺三寸余の竹刀を正眼《せいがん》に置いた。

早坂は上段と正眼の中間に三尺八寸の竹刀を置いた。竹刀の切っ先が磐音の脳天の上を指していた。

力量互角の者が相寸の竹刀を使うときなかなか勝負は決まらない。そこで長き竹刀を用いて、相手より先に制することを考える。

だが、磐音は稽古においては定寸にこだわり、それを使いこなすよう己に課していた。

そのとき、見所に佐々木玲圓と剣友の速水左近が姿を見せたが、立ち合う二人はすでに相手の動きに集中して気が付かなかった。

磐音は眼光鋭く睨む早坂の視線を静かな物腰で受け止めた。体じゅうどこにも無理なく、早坂の変幻にどのようにも対処できる構えで立っていた。

早坂貴右衛門の顔が紅潮し、眼光がさらに険しくなった。

反対に磐音は春先の縁側で日向《ひなた》ぼっこをしている年寄り猫のごとくに息する気配もなく、ただ静かに立っているように思えた。

早坂貴右衛門は糸居三五郎からさんざん居眠り剣法のことを聞き知っていた。その術中に嵌《はま》るまいと、いつにも増して眼光鋭く磐音を睨み返し、動きを封じ込めようとした。だが、その瞬間、すでに居眠り剣法の術中に陥っていた。

平静を欠いての立ち合いとなっていた。

おおうっ！

まさに怒号というべき気合いが佐々木道場の百余畳の道場を圧して、小山が動くが如くに早坂が突進してきた。

長い竹刀が後方へと引き付けられ、反動を利して磐音の脳天に雪崩《なだ》れ落ちてきた。
磐音は相手の動きを見て動いた。
そよりとも動かなかった老猫が豹変し、軽やかにも間合いの中に入り込んで、正眼の竹刀をそのまま、
すいっ
と伸ばして、早坂の面を真っすぐに捉えていた。
かーん
と乾いた音が面金《めんがね》に響いて、
がくん
と早坂の突進してくる両の膝《ひざ》が落ち、そのままの姿勢で崩れた。
「打込時手の内狂わざる吟味也。打合すれば、よきは座り、悪しきは落ちる也」
と直心影流の太刀当之事に記す。生太刀は面を打った竹刀が面上で止まり、死太刀は面に当たっても左右のどちらかに流れることをいう。
磐音のそれは、早坂が両膝をついた面上に、
ぴたり
と止まっていた。

一瞬の勝負であった。

茫然《ぼうぜん》自失として膝をついていた早坂が飛び下がった。

磐音はすでに元の場所に戻っていた。

「いやはや糸居から居眠り剣法の凄《すご》さを聞いておったが、それがし、実態も知ろうとせず恥ずかしいことでござった。それがしの及ぶところではござらぬ。ご指導有難うござった」

「こちらこそよき経験をさせてもらいました」

二人は莞爾と笑い合い、対決を終えた。

早坂が見所に座る佐々木玲圓を認め、つかつかと歩み寄って座し、

「佐々木先生にございますな。お見苦しき様を披露してしまいました。それがし、この度勤番を仰せつかり江戸に出て参った早坂貴右衛門にござる。お許しあらば当道場の入門を差し許してください」

と丁寧に挨拶した。

「糸居三五郎と同藩となれば、佐竹様のご家中か。そなたの入門はわれらにとっても励みになろう」

糸居は秋田藩二十万五千八百石の佐竹家の家臣であった。

「お許し有難うございました」

と答えた早坂が、

「それにしても居眠り剣法は奥が深うございますな」

「坂崎の手は、師匠のそれがしも手こずるところじゃ。初めての方には戸惑いがござろうな」

と笑った。

「なにっ、佐々木先生も手こずられますか。ならばそれがしの敗北は無理からぬところと」

と早坂が豪快に笑った。

磐音がその話を聞いたのは井戸端で、住み込み師範の本多鐘四郎からであった。

「わが道場も門弟が増え、手狭になった。そこでな、道場の南西側を広げて、ただ今の倍の広さにするそうだ」

「それはなんとも楽しみな」

「ところがわが道場の内所は厳しい。先生は普請《ふしん》の代金に苦慮なされておられるそうでな、先ほど速水様ともその相談をなされていたようだ」

それで見所に玲圓の姿がなかったかと合点した。

「金子にはまるで無頓着な先生ですからね。われら門弟も奉加帳を回し、いくばくかでも集めますか」

「おおっ、それは良き考えかな」

と答えた鐘四郎が、

「どういう手順を踏めばよいか、ちと相談に乗れ」

と磐音に言った。

「一体、改築費にどれほど入り用なのです」

「先生は簡単な改築をと考えておられたのだが、高弟方は佐々木道場の名は江都《こうと》に知れ渡り、名声もござるゆえ、改築なさるならばそれなりのものをと勧められたという。となれば、七、八百両かもそっとかかろうな」

幸いなことに南西側に空き地はあった。

「大変な出費ですね」

「われら、金子には縁がまるでないからな」

鐘四郎が頭を捻《ひね》った。

磐音は、奉加帳を回したところで集められる金子は知れていると考えていた。

磐音はおこんの姿を浅草御門近くで見かけた。使いの帰りか、両国西広小路の雑踏を、心ここにあらずという空《うつ》ろな感じで眺めていた。

（おこんさん、いかがした）

磐音はしばらくそんな後ろ姿を見ていた。やはりこれまで生き甲斐としてきたものを失い、虚脱感に苛まれているのであろうか。

「おこんさん」

磐音はたった今気付いたという顔で声をかけた。

びくっ

と肩を震わせたおこんが振り向き、

「あら、坂崎さん」

と言った。手になにか竹皮包みを抱えていた。

「どうした、なにを眺めておった」

「あら、私、なにも見てないわよ」

おこんはいつものおこんへ戻ろうと気を取り直した。だが、いつものおこんを装っただけで表情もぎこちなく、やはりおこんではなかった。

「おこんさん、疲れたか」

「疲れたってなにが」

「お艶どのの三回忌から祝言と、このところ気を張る日々が続いたからな。いくら若いおこんさんでも、自らが知らぬところで疲労が溜まったのではないかと思うたのだ」

「そんなことないわよ。それに私、もう若くはないし」

「いや、今小町は十分に若くて美しいぞ」

おこんの視線が磐音を見た。

「どうしたの」

「どうしたって、本音を洩らしただけだ」

「呆れた」

おこんは店に向かってさっさと歩き出した。

「夜は眠れるか」

「眠れるわよ」

おこんは即答した。

磐音には不自然に聞こえた。急ぎ足をゆっくりとした歩みに変えたおこんに孤愁を感じた。

「おこん」

磐音が背に向かって呼んだ。

「どうしたの。今日の坂崎さん、おかしいわ」

おこんが振り向いた。

「おこん、と呼んではいけぬか」

「いいけど」

おこんが作り笑いをした。

「なんぞあれば、真っ先にそれがしに打ち明けてくれぬか」

はっ

とした表情を愁い顔に走らせたおこんが、

「私のことを気にして、おこんなんて呼んでみたの」

「そうではない。そう呼んでみたかったのだ」

「いいわ。二人だけのとき、そう呼んで」

「よし、そういたそうか」

ふふふっ

とおこんが笑い、

「ほんとにおかしな坂崎さんだわ」

「おかしいか」

「おかしいわ」

「それでいい」

磐音は、おこんが幾分いつものおこんを取り戻したようでそう言った。

「奈緒様はもはや出羽国に到着なされたかしら」

「ああ、新しい暮らしに入られたであろう」

「見知らぬ土地で見知らぬ人に囲まれて新しい暮らしを始める。奈緒様は心の強い方ね」

「幼き頃の奈緒どのは泣きべそ奈緒と、兄の琴平《きんぺい》や慎之輔《しんのすけ》に呼ばれていたがな。弱かった者が生き残り、新しき暮らしに立ち向かっている。強いようで弱い、弱いようで強い。人間は外見だけでは分からぬ」

小林琴平も河出《かわで》慎之輔も藩改革に絡んで敵方の策略に堕ち、自滅するように死んでいた。

「強いようで弱い、弱いようで強いか」

おこんが呟く。

「だが、奈緒どのは一人ではない。何事も相談なされる前田屋内蔵助どのがかたわらにおられる。見知らぬ北国の城下での暮らしだが、心の悩みを打ち明けられる人が一人でもいれば、生きていくのに十分ではないか」

「こんにもいるのね」

磐音がそっとおこんの手を取った。

「おる、ここにな」

おこんの瞼が潤んだ。だが、その感傷を振り払うように、摑まれた手を握り返して放した。

「そう、こんには居眠り磐音がいたわ」

「それを忘れてはならぬ。何事も一人で抱え込んではならぬ」

おこんが大きく息を吸った。

「分かった」

「よし、戻ろうか」

二人は人込みの中を、分銅《ふんどう》看板が掲げられた両替商今津屋に向かって歩き出した。

「昼餉は食したの」

「佐々木道場で馳走になった。ちと相談事があったでな」

「道場でなにかあったの」

「老分どのに相談したくて立ち寄ったのだ」

「御成道名物、薄皮饅頭《まんじゅう》を買ってきたわ。熱いお茶でいただきましょうか」

「甘い物か、よいな」

今津屋の店頭は金銀相場が大きく動いたか、いつにもまして客がいて、なにか虚脱したような雰囲気だった。

上方から新たな銀相場が知らされてきたようだ。

筆頭支配人の林蔵や相場役《そうばやく》の番頭久七《きゅうしち》たちが対応に追われていたが、由蔵は帳場格子で悠然と二人が入ってくるのに目を留めた。

「ご一緒でしたか」

「その先でおこんさんにばったり会うたのです」

と磐音が答え、

「老分さん、芳栄堂の薄皮饅頭を買ってきました。お茶を淹《い》れます」

「薄皮饅頭ですか、それはなにより」

「坂崎さんがなんぞ相談もあるそうですよ」

と言っておこんは三和土《たたき》廊下から奥へと姿を消した。

「店頭が混雑しているようですが、相場が大きく変わりましたか」

「このご時世です。上方の銀相場が動いておりましてな、金もそれにつられて乱高下しております。こういうときは、目先に囚《とら》われず泰然として動かぬ勇気が肝要です」

老練な両替商の老分番頭が言い、

「台所に参りましょうかな」

と立ち上がった。

おこんはまず、奥のお佐紀のもとへと茶と薄皮饅頭を運んでいった。吉右衛門は外出をして留守だという。

その間、広い台所の板の間のいつもの定席に場を占めた由蔵は磐音に、

「坂崎様、相談とはなんですな」

と訊いてきた。

「いえ、先ほどの店の様子を見たら、もはや相談すべきことはなくなりました」

「ほう、店の様子で答えが出たと」

「武士の商法もよいところです。金子を膨らませる法はないものかと、浅はかにも考えたのです」

「おや、坂崎様が金儲《かねもう》けを考えておられましたか」

そこへおこんが戻ってきた。

「おこんさん、坂崎さんが金儲けを画策しておられますぞ」

「どうしたの。説明して」

おこんが目を丸くして磐音を見た。

「それがしのことではない。佐々木道場のことじゃ」

「佐々木道場が物入りなの」

「道場も日々門弟が増えてな、近頃では百余畳の床も狭いほどだ。そこで佐々木先生は改築をして広げようと考えられた。ところが先生は日頃から金子には淡白、蓄えとてない質素なお暮らしじゃ。師範の本多様とそれがしが相談して、門弟の間に奉加帳を回していくばくか集めることになったはよいが、いずれも手許不如意《てもとふにょい》の者ばかりで、三、四十両も集まるかどうか、怪しいものじゃ」

「そこで坂崎様は、その金子を元手に何倍にも膨らませようと考えられたわけですな」

「いかにも浅はかな考えでした。ご放念ください」

「道場改築にはどれほど入り用なのです」

「それがし、直接先生からお聞きしたわけではございません。師範によると、先生はとにかく道場を広げればそれでよしとお考えのようですが、速水左近様方高弟衆は、折角の道場改築なれば、直心影流佐々木玲圓道場に相応《ふさわ》しき普請をと進言なされて、いよいよ佐々木先生は頭を抱えておられるそうです」

「増築する場所はあるのですな」

「その昔、幕府から下げ渡された拝領地です。空き地は十分にございます」

佐々木家は何代か前の先祖が幕臣を辞して町道場を開いた折り、それまでの功績に鑑み、拝領地をそのまま下げ渡された経緯《いきさつ》があった。土地はおよそ四百五十余坪あったから道場を広げることは問題なかった。

「となれば改築費用ですか。速水様方がお考えになる普請となると、まず千両ですかな」

と由蔵は推測した。

「そのような金子が佐々木道場にあるわけもございません」

由蔵はしばし沈思していたが、

「坂崎様、よしんば相場で千両の道場改築費を得たとして、佐々木先生はお喜びなさいますまい」

「重々承知いたしました」

「速水様方が相談に乗っておられるなれば、それなりの金子は集まるような気がします。まずはその元になる金子を知ることが大切です。不足分は半分なのか、三分の一なのか、それから考えても遅くはございますまい」

と由蔵はなにか胸の中に考えがあるようで言った。

「ならばそれがしらは、門弟たちに奉加帳を回して、いくばくかでも集めます」

おこんが茶と薄皮饅頭を二人の前に供した。

「おおっ、これは美味しそうな。頂戴します」

磐音が呟き、饅頭を手にとった。もはや磐音の頭から改築費の工面は消えていた。

四

翌日、道場の入口に空の醬油樽《しょうゆだる》が置かれ、立て札が樽に打ち付けられて、そこには、

「佐々木道場改築費冥加《みょうが》樽」

と墨書されてあった。

佐々木玲圓から、

「道場改築に門弟が協力してくれるのは有難いが、奉加帳を回しては、懐の寂しい門弟が恥をかかぬとも限らぬ。その辺をよくよく考えよ」

と本多鐘四郎に注意があったという。

本多鐘四郎は磬音と改めて相談し、奉加帳を回して半ば強制的に徴収する方法をやめた。その代わり有志からだけ寸志を受け付けるという方策に改めた。

醬油樽には子供の拳《こぶし》が入るほどの穴が開けられ、上蓋《うわぶた》はしっかりと釘付《くぎづ》けされていた。

辰平らが、

「師範、いくらでもよろしいのですね」

「おおっ、一文でも二文でもよいぞ」

「ならばそれがしが有り金を」

と利次郎が、手に握っていた銭二十数枚を口開けに入れた。

「なんだ、利次郎、武士ともあろうものが小銭しか持ち合わせがないのか」

「部屋住みの身で小粒や小判があるものか。そういう辰平はさぞや黄金色の冥加であろうな」

「黄金色にはちとほど遠い。だが、そなたとは違うぞ。利次郎、大金ゆえ見るな」

と財布ごと穴に翳したが、こちらも小銭がぱらぱらと落ちただけだ。

「なんだ、おれよりも少ないではないか」

「時節が悪いわ」

「いつよくなるのだ」

「その当てがない」

鐘四郎ら住み込みの門弟は一朱ずつ入れた。

「さすがに師範だ、一朱を入れられたぞ」

磬音は前途多難だと思った。

「発起人の坂崎はいくらだ」

鐘四郎に促された磬音は、奉書に包んできた二両を包みのまま穴に落とし込んだ。

「おい、小判が入ったぞ」

辰平が目敏くも推測して言った。

「よいか、利次郎。酒代に冥加樽の金子を借用するなど考えるではないぞ」

「辰平、そなたのほうが危ないわ」

ともあれ佐々木道場の改築が静かに動き出した。そこへ内儀のおえいが、

「本多、坂崎、先生がお呼びです」

と呼びに来た。

「まあ、本多らが考えた冥加の樽ですか。私もいくばくか、亭主どのに内緒の蓄えを入れさせてもらいます」

と小粒を何枚か落とし入れた。

「おえい様、有難うございます」

「師範方にこのような気遣いまでさせて申し訳ないことです」

おえいが謝った。

「おい、なんとのう改築資金が集まると思わぬか」

利次郎が暢気なことを言い出し、

「おれも集まるような気がしてきた」

と辰平が能天気にも応じていた。

すっかり佐々木道場の一員になった霧子《きりこ》が二人の会話を笑って聞いていた。

「霧子、なんだ、その笑いは」

「松平様も重富様もお気楽でございますね」

「霧子に言われとうないわ」

若い連中がわいわいと騒ぐ中、磐音と鐘四郎は奥へ通った。

奥座敷では玲圓が大工の棟梁《とうりょう》と思しき人物と談笑していた。二人の間には改築される絵図面があった。

「本多、坂崎、そなたらにまで苦労をかけてすまぬな」

「先生、礼を申されるほどには集まりそうにございませぬ」

「よいよい。そなたらの気持ちだけでも有難いわ」

と答えた玲圓が、見よ、と絵図面を指して、

「棟梁の銀五郎《ぎんごろう》が引いたものだが、わが道場にしてはいささか立派過ぎると思うておるところよ」

二人は絵図面を覗き込んだ。

南西側の壁や屋根を壊して道場を倍に広げることは磐音らも承知していた。だが、それでは門前から入ってきたとき、道場の顔の表玄関が東北側に偏り、これまでの左右対称の釣り合いが壊れる。そこで東北側も門弟の着替え部屋を広げ、道具置き場を拡充して均衡をとろうという絵図面に出来上がっていた。

「これほどの改築にございます。ただ、床を広げればよいというものではございません。屋根に大きく手を入れ、柱も梁《はり》もだいぶ増やすことになります」

磐音たちが考えているよりも大掛かりな改築であった。

「先生、資金のことはさておき、改築の間、どこかに道場を移さねばなりませぬな」

鐘四郎がそのことを案じた。

「鐘四郎、それは速水様の手助けでなんとかなりそうじゃ。わが道場の近くに丹《たん》波《ば》亀山《かめやま》藩松平家のお屋敷があるな」

「はい。雉子《きじ》橋通小川町にございますな」

「松平様と速水様は昵懇の付き合いとか、お屋敷の道場はさほど活用なされておられぬそうな。広さも百四十畳はある。改築の間、わが道場の稽古に使わせていただくことになった」

「それは好都合にございましたな」

「だが、話ばかりでは道場の様子が知れぬ。第一、大名屋敷にそなたらのような汗臭い武芸者が出入りしてよいかどうかも分からぬ。そのほうら、まず下見に行って参れ。ご用人の日下草右衛門《くさかそうえもん》様を訪ねればよいようになっておる」

「承知つかまつりました」

「先生、改築に要する期間はどれほどと考えればよろしいのですか」

磐音が訊いた。

玲圓が銀五郎親方を見た。

「半年はかかろうかと思います。来年の梅雨前には終えたいものです」

という銀五郎の答えだった。

結局、この場では改築資金の話は全く出なかった。

丹波亀山藩は表高五万石、当代の松平信直《のぶなお》の治世下にあった。

用人の日下草右衛門は腰の曲がった老人で、

「おお、下見に来られたか。上様御側衆の速水様と殿が話し合われて決められたと聞いておる。まずは道場へと案内しようかのう」

と早速二人を五千三百余坪の東側にある道場へと案内してくれた。表門から遠く、東門を使えば小川町一橋通へと出入りできた。

「御城近くに拝領屋敷を構えながら、当家ではあまり武道熱心とは申せぬでな、大半の家臣は道場がどこにあるのかさえ知るまい。殿も佐々木道場の猛者《もさ》連が家臣を奮い立たせてくれるとよいがと、期待をされておられる」

と内情を語った。

亀山藩の道場は破風《はふ》造りの屋根を戴いた立派な造りであった。だが、確かに普段は使われていないと見えて、格子窓には蜘蛛《くも》の巣が張っていたりした。だが、百四十畳の道場と二十畳はありそうな見所は、大名家でも滅多に見られない立派な造りだった。なにより木立ちに囲まれ、亀山藩の中奥や奥と隔絶しているのがよかった。また東門を利用すれば表に回らなくてすむのが便利だった。

「殿はいつからでも使われよと仰せじゃ」

日下が鐘四郎に言った。

「ご用人、近々門弟を連れて掃除に伺いますが、よろしゅうござるか」

「好きになされ」

磐音は二人が門の出入りなどについて打ち合わせするのを聞きながら、道場の真ん中に立ち、この場で打ち込み稽古が行われる日の光景を脳裏に思い描いていた。


この日、稽古帰りに磐音が今津屋を訪ねると由蔵が、

「よいところに見えられた。旦那様が坂崎様に御用があると言うておられます」

と奥へ通るように勧めた。

「ならばこの足で」

店の隅から奥へと通じる三和土廊下から台所に行った。おこんの姿はなく、おそめが昼餉の配膳の仕度をしていた。

「おそめちゃん、元気か」

「坂崎様、おそめは至って壮健にございます」

おそめの言葉遣いも大人びたと同時に急に背丈も伸びたようで、どことなく娘の表情さえ漂わすことがあった。

来年になれば改めておそめの縫箔《ぬいはく》職人の奉公を考えずばなるまい、と磐音は思った。

おそめは手に職をつけたい、それも縫箔の仕事がしたいと、縫箔の名人、呉服町の三代目江三郎《こうざぶろう》親方への弟子入りを願ったことがあった。江戸の職人は男中心の世界だが、江三郎はおそめの熱心さと天性の絵心を認めて、

「もう少し体を作ってからでも職人仕事は遅くはあるめえ」

と約束していた。

今津屋の奉公はそれまでのつなぎ奉公だ。

今津屋に馴染んだおそめを手放すのは今津屋でも惜しむだろうなと考えながら、

「今津屋どのが御用とか。奥へ通らせてもらう」

とその場の女衆に断り、台所から奥座敷に通じる廊下を進んだ。

吉右衛門とお佐紀の笑い声が聞こえてきた。なにか吉右衛門が冗談でも言ったか。

「坂崎にございます。御用と伺い、参上いたしましたが、お邪魔ではございませぬか」

「坂崎様、遠慮はいりませんよ。ささっ、入りなされ」

吉右衛門は文を読んでいたのだ。お佐紀は縫《ぬ》い物をしていたが、

「坂崎様、お元気ですか」

と言葉をかけてきた。

「お蔭さまで体だけは頑健にできております」

お佐紀の顔にはしっとりと艶《つや》が漂い、新妻の初々しさと貫禄《かんろく》を見せていた。

「小田原の義父から文が参りまして、やや子はまだかと矢の催促にございますよ。祝言を挙げたばかりというのにと、二人で笑っていたところです」

「右七どのも気の早い」

「うちの父は、参勤道中で逗留なされた日向佐土原《ひゅうがさどわら》藩の島津様の席に挨拶に出る際に慌てて、袴の片方に両足を突っ込んで出たこともございます」

「それはまた歩きにくうございましたでしょうな」

「はい。敷居際でもう一方の袴の裾《すそ》を踏みつけて転び、殿様に呆れられるやら大笑いされるやら大恥をかきました。それが縁で、島津様に可愛がられるようになりました」

「右七どののお人柄です」

と答えた磐音は、

「今津屋どの、御用とはなんでございましょうな」

「佐々木玲圓様は道場の改築をお望みとか」

「お耳に届いておりましたか。近頃、門弟衆が増えて満足に打ち込み稽古もできぬ有様に、先生も決断なされたようです」

「お金には疎い佐々木先生のこと、改築費に苦労なされておられると老分さんから聞きました」

「われら門弟も奉加帳を回すと先生にお許しを願いましたところ、門弟の中には稽古代に苦労しておる者もおる、そのような強制をするでないとの御返答で、道場の入口に醬油の空き樽を置いて、有志からのみ志を受けることにしました」

「醬油の樽に志を投げ入れられますか。まるで賽銭《さいせん》箱のようですが、それでお金が集まりましょうか」

「佐々木先生のお内儀様も寄付なさいましたが、あまり多額な金子は恃《たの》みにできません」

吉右衛門が床の間に行き、手文庫から袱紗《ふくさ》包みを取り出した。

「坂崎様、ここに三百両、用意してございます。佐々木先生に届けてもらえませんか」

「三百両でございますか」

磐音はあまりの大金に訊き返した。

「佐々木先生は大名家、旗本家の子弟方の武術向上に尽くされ、幕臣同様の、いえ、それ以上のご奉公をなされておられます。その道場が手狭ではご奉公に差し障りもございます。この際です、存分な改築をなされますように私も微力を尽くします。佐々木先生の周りには速水様を始め、お歴々がおられますゆえ、最初から差し出がましいことはいたしません。もし資金が不足ならば、そのときは遠慮なく言ってくださいとお言伝願います」

磐音は大きく頷くと、

「お預かりいたします」

と返事をして立ち上がろうとした。

「おや、坂崎様、ただ今茶を淹れようと考えておりましたのに」

「お佐紀どの、茶どころではございませぬ。佐々木先生に一刻も早くお届けして、喜ばれるお顔が見とうございます。もし他に御用がなければこの足で道場に駆け付けます」

「坂崎様は万事におっとりなされておられると思いましたが、うちの父と同じでせっかちなところもおありなのですね」

お佐紀が笑った。

「今日ばかりはのんびりもしておられませぬ」

「坂崎様には他に話がないこともなかったが、それはそう急ぐことではございません。まず、佐々木道場にお行きなされ」

と吉右衛門も苦笑いして、

「お佐紀、坂崎様が持ち易いように風呂敷に包んでくだされ」

と命じた。

佐々木玲圓は絵図面を前に何事か思案していた。

「なんだ、戻ったのではなかったのか」

と磐音の顔を見た。

「はい。今津屋吉右衛門どのの使いで参じました」

「なに、今津屋どのの使いとな」

磐音はお佐紀の包んでくれた風呂敷を解き、袱紗包みを前に口上を述べようとした。そこへおえいが茶を運んできて、磐音の言葉に耳を傾けることになった。

口上を述べ終えた磐音が袱紗包みを玲圓の膝前に差し出した。

玲圓もおえいもしばし言葉を失ったように黙り込んでいた。

「今津屋どのは、それがしが幕臣以上にご奉公しておると申されたか」

「はい。手狭な道場ではご奉公に差し障りもございます。存分に改築をなされますよう、不足ならばいつでも遠慮なく言ってくださいと、この坂崎に言伝を託されました」

ふうーっ
と玲圓が息を吐き、

「金子もさることながら、それがしにとって有難きお言葉かな」

と言うとおえいを見た。

おえいの瞼が潤んでいた。

「坂崎、正直申して、速水様方のご要望には応えられまい、と思うていた。なにしろ手許に用意できた金子は二百両余り、とにかく床だけでも広げようと考えての改築計画であった。見よ、この絵図面。この普請をするには八百七十両はかかると棟梁は言う。この普請ならばたれが見ても恥ずかしくない道場が建てられると申しておったが、手許の二百両ではどうにもならぬところであった」

「先生、受け取っていただけますか」

「今津屋吉右衛門どのの志、玲圓、有難く拝借すると伝えてくれぬか」

「畏まりました」

磐音は大役を果たし終えた体で、

「喉が渇きました。茶をいただきます」

ごくりごくりと喉を鳴らして飲んだ。


玄関先に戻ると、若い門弟たち五人がいて、でぶ軍鶏の重富利次郎が冥加樽を抱えて振り動かし、

「あまり増えてはおらぬな」

とがっかりした様子を見せた。

「あれ、坂崎様、また稽古ですか」

利次郎が訊いてきた。

「稽古に来たのではない。ちと用があってな。先生にお会いしてきた」

「冥加樽ですが、銭が増えた様子はございませぬ。樽を抱えて町内を一回りしてこようと思うのですが、駄目ですかねえ」

「そなたらが大勢で無心に回ったら、強請《ゆす》りたかりと間違われよう。やめておけ」

「駄目ですか。道場が広くなりませんよ」

と痩せ軍鶏の辰平が言う。

「玲圓先生の体面もある。そう一日二日慌てても致し方あるまい。それより、そなたら、稽古は終えたのか」

「終わりました」

「昼餉は食したか」

「いえ、まだです。腹が減りました」

利次郎が答えた。利次郎も辰平も住み込み門弟だ。

「それがしに付き合わぬか。昼餉を馳走しよう」

「ほんとですか」

辰平が奇声を上げた。

「五人くらいならなんとかなろう」

「奥へ断って参ります」

「馳走になります」

全員が磐音の誘いに乗った。

磐音が若い門弟を誘ったのは、中川淳庵に教えられた神田明神下の料理茶屋一遊庵だ。女中のおかちが磐音の顔を覚えていて、

「今日は淳庵先生抜きですか」

「そうじゃ。道場の若い門弟たちを誘った。酒を少し貰おう」

「ご飯を大盛りにしておきましょうね」

とおかちが台所へ消えた。

「坂崎様、洒落たところをご存じですね」

と松平辰平が店を見回し、

「おれもこの料理茶屋は知らなかったな」

と呟いた。

辰平はこの界隈は詳しかった。

湯島天神下の甘酒屋ふじくらの娘と仲がよかったからだ。

「中川淳庵どのという友に連れてこられて知った。料理も酒も美味しかった。それに値も手頃なのでそなたらを誘ったのだ」

「それは恐縮です」

と辰平が答え、言った。

「坂崎様、われらを誘うようでは艶っぽい話はなさそうですね。この界隈にはいくらも出会い茶屋がございますよ」

辰平は旗本八百七十石の次男坊だ。

「ほう、稲荷《いなり》小路の暴れん坊は、出会い茶屋までご存じか」

「いえ、話だけです」

「辰平どの、おうめどのはどうしておる」

湯島天神下の甘酒屋の娘がおうめと言った。

「ああ、おうめですか。話になりません」

「話にならぬとはどういうことか」

酒が運ばれてきた。

「昼酒だ、たんとはいかぬぞ。喉を潤す程度にしておけ」

互いに酒を注ぎ合い、辰平が、

「馳走になります」

と音頭をとって飲み干した。

「うまい、酒が美味いわ」

と言った辰平は、

「おうめの奴、近頃、どこぞのお店の若旦那にご執心で、剣術三昧《やっとうざんまい》の貧乏侍には用がないそうです。あっさり袖《そで》にされました」

「それはとんだことであったな」

「なあにさばさばしています」

どこか未練ありげな辰平だったが口だけは強気だった。

「坂崎様、このような機会は滅多にございませぬ。後学のためにちとお訊きしてよろしいですか」

「後学とな。そのような話には答えられぬが、辰平どのが訊きたきこととはなんだな」

「坂崎様には、今津屋のおこん様の他に吉原の太夫がおられるそうですね」

辰平はどこから仕入れたか、そんなことを言い出した。

「おこん様を選ばれるのですか、それとも白鶴太夫を娶《めと》られるのですか」

「なにっ、坂崎様は吉原一の白鶴太夫と知り合いか」

興味津々に口を挟んできたのは御家人の三男坊の水木《みずき》初蔵《はつぞう》だ。

「ただの知り合いではないわ。白鶴太夫とは許婚の仲だぞ」

ほうっ！

という声が若い門弟から洩れて、磬音を改めて見た。

「辰平どの、どこで聞いたか知らぬが、もはや白鶴太夫は吉原にはおられぬ」

「えっ、どうしたんです！」

利次郎が驚きの声を上げた。

その顔は、辰平程度には白鶴のことを承知と見えた。

「そなたらが勝手な妄想を抱かぬよう説明しておく。白鶴太夫こと小林奈緒どのとそれがしは確かに幼馴染み、許婚であった。物心ついたときから二人は所帯を持つと誓い合っていたのも事実だ」

「それがどうして吉原の花魁《おいらん》になったのですか」

旗本家陪臣《ばいしん》の長男坊満田《みつだ》譲太郎《じょうたろう》が真剣な顔で訊いた。

「詳しくは話せぬ。藩騒動に巻き込まれ、それがし、奈緒どのの兄を上意討ちにする羽目に陥った。その結果、小林家は廃絶となり、それがしは藩を離れた。上意とは申せ、兄を殺《あや》めたそれがしが奈緒どのと何事もなかったように所帯を持てようか」

若い五人が息を呑んだ。

初めて知る出来事に衝撃を受けていた。

「坂崎様、すみませんでした」

蒼《あお》ざめた顔の辰平が詫《わ》びた。頷いた磐音が、

「話の途中ではそなたらも気持ちが悪かろう。白鶴太夫は紅花商人に落籍され、奈緒どのに戻られて出羽国山形に旅立たれた。落籍された前田屋内蔵助どのは奈緒どのを託するに立派な人物だ」

しばし座に無言が続いた。

「坂崎様、よいのですか。許婚が他人のもとへ去ったのですよ」

満田が訊いた。

「われら、藩騒動に巻き込まれたときから、このような宿命《さだめ》と決まっておったのだ。致し方なき縁であった」

「坂崎様、白鶴太夫と別れの言葉を交わされたのですか。出羽山形領なんて遠い地ですよ。もはや会うことは叶《かな》いますまい」

今にも泣き崩れそうな顔で辰平が訊いた。

「白鶴太夫の落籍を阻《はば》もうという御仁がおられてな。奈緒どのをそれがしが内蔵助どのの待つ千住掃部《かもん》宿まで送り届けた」

「なんということ」

と辰平が叫んだ。

「お二人で千住大橋を渡られたと言われるのですか」

「いかにも」

「話はなさらなかったのですか」

「話はしなくとも互いの生き方は承知しておる」

「おれは嫌だ！」

「辰平どの、われら、藩を離脱したときから離れ離れに生きる宿命と申したぞ」

「私にはできませぬ。先ほど、おうめに袖にされ、さばさばしたと申しましたが、今もおうめのことを思い、悶々《もんもん》としております、踏ん切りがつかぬのです。松平辰平、人間、できていませんね」

「それでよい。悩んで惑うて新しき境地が生まれる」

「私にもできますか」

「できる、必ずできる。そのとき、辰平どのはひと回り大きな人物になっていよう」

泣き崩れようとするのを必死に我慢した辰平が頷いた。

「酒が湿っぽくなったな」

というところに膳が運ばれてきた。

わあっ
という歓声を上げたのは、でぶ軍鶏の利次郎だ。

「栗飯はおれの大好物だぞ」

鰆《さわら》の西京《さいきょう》焼き、ぜんまいとひじきの煮物だった。

「辰平どの、食べるがよい」

「はい。頂戴します」

と答えた辰平は、栗飯の盛られた丼を摑むと猛然と箸を動かし始めた。

第三章　冥加樽の怪

一

騒ぎが起こった。

佐々木道場の玄関口に置いてあった道場改築費にする冥加金の入った醤油樽が紛失したのだ。朝稽古が終わった後に、

「たれぞ冥加樽を仕舞うたか」

と住み込み師範の本多鐘四郎が声を張り上げた。

日中は道場の玄関口に置かれてあったが、夜は控え部屋へと下げられた。

この日、門弟の一人が帰りがけに寸志を樽に入れようとしたが樽が見当たらず、道場に戻って師範の鐘四郎に尋ねた。

「玄関先に出し忘れたか」

鐘四郎が門弟たちに訊いて、

「師範、朝の間に玄関先に出しておきましたぞ」

と住み込みの門弟松平辰平が応じた。

「出したものがないとはおかしいではないか」

一同が玄関に出向いた。だが、確かに樽はなかった。

「おかしいな、確かに置いたはずだが」

「辰平が式台に置くのをそれがしも見た」

「おれも手伝った」

と辰平が出した樽を数人の門弟も見たり、手伝ったりしたと証言した。

「確かに今朝か、他日ではないか」

鐘四郎の声が険しくなった。

「師範、間違いございませぬ。今朝にございます」

「おかしいぞ。たれぞが持ち去ったということはあるまいな」

なにしろ剣術遣いの猛者《もさ》たちが集まる道場だ。その道場に盗人が入るなどとは全く考えていない一同だった。

「最後に見た者はたれかな」

　磬音が問うた。

「それがしが道場に入ったのは五つ半（午前九時）過ぎの頃合いであったが、確かに樽が置かれているのを見申した」

　信州松代《まつしろ》藩の家臣、番頭《ばんがしら》の岸辺《きしべ》俊左衛門《としざえもん》が言った。どうやら岸辺が最後に道場入りし、樽を見た人物のようだった。

「となると、岸辺様が見た五つ半からただ今の四つ半（午前十一時）の一刻（二時間）の間に樽が消えたことになるな」

　鐘四郎が推測し、

「師範、道場の内外を探しましょう」

　と磬音が提案した。

　その場にいた門弟三十数人が加わり、冥加樽を探して回った。だが、どこからも樽は発見されなかった。

「えらいことになった」

　本多鐘四郎が頭を抱えて、先生にお詫びに行くと言ったとき、門前に用人風の武家が立ち、

「佐々木道場の面々、冥加樽はどこにあるな」

と声を張り上げた。

「失礼ながらどちら様にございますか」

動揺する鐘四郎に代わり、磐音が訊く。

「それがし、神保小路の西詰、御側衆本郷家用人倉橋神八郎《くらはししんぱちろう》にござる。先ほど道場改築の費用をと門弟衆が見えられた折り、それがし生憎《あいにく》と不在でな、失礼をいたした。主《あるじ》と話し合い、佐々木玲圓道場の改築費用の一助にしていただきたく金子十両を持参いたした」

「倉橋様、異なことを申されますな。わが道場では、近隣のお屋敷に改築の費用を求めるなど一切しておりませぬが」

鐘四郎が必死の思いで答えた。

「はあっ」

倉橋用人が呆れたという顔をした。

「倉橋様、確かに道場を広げる話も出ており、門弟たちもそれに協力せんと冥加樽をこの玄関先に置いたのは間違いないことでございますが、先ほどからその樽の行方が知れず、一同手分けして探しているところにございます」

「ならば当屋敷に参ったのはたれかな」

倉橋が狐《きつね》につままれたような顔をした。

「倉橋様、冥加を頼みに行った者は樽を持参したのですね」

磐音が訊いた。

「いかさまそのように聞いておる。樽には、佐々木道場改築費冥加樽と書いた立て札が打ち付けられていたそうな」

「なんということ！」

鐘四郎が悲鳴を上げた。

「その者、武家ですか」

「さように聞いておる」

「倉橋様、どうやらわれらの冥加樽を利用して、本郷様を騙《かた》ろうとした不届き者がいるようです。ただ今のところはお引き取りくださいませ。倉橋様がご不在でようございました。後々改めてご挨拶に伺います。ただ今のところはお引き取りください」

と磐音が挨拶すると、

「この十両、受け取ってはもらえぬか」

と今度は困った顔で倉橋が差し出した。

「門弟に奉加帳を回すことさえ、佐々木先生は許そうとなさらなかったのです。そこで考え出されたのが苦肉の策の冥加樽にございました。近隣のお屋敷への嘆願など、先生は考えてもおられませぬ。どうか本郷様にはよしなにお伝えください」

「わが殿も、佐々木道場の改築ならばと快く引き受けられたのだがな」

と倉橋は訝しい顔で道場を引き上げていった。

「坂崎、どうする」

「まず先生にご報告するのが第一にございます。次に、冥加樽を盗みし者、本郷家だけでなく、この界隈を歩いて冥加を頼んだものと思えます。その調べをなすのが肝心かと存じます」

「よし、先生のもとへ参る」

「それがしも同道します」

と答えた磐音は、辰平を呼んだ。

「辰平どの、南町奉行所に走り、定廻《じょうまわ》り同心の木下一郎太《きのしたいちろうた》どのにお目にかかり、神保小路までご足労いただけぬかとお伺いしてくれ」

「不在ならばどうします」

「そのときは、本所横川法恩寺橋際で地蔵蕎麦《そば》の商いをなす竹蔵《たけぞう》親分に、この旨伝えてくれ。あとは親分が呑み込んでおられる」

「承知しました」

と辰平と利次郎が外へ走り出していった。

話を聞いた玲圓は、

「磐音、その者、近隣に冥加樽を持ち回っていると思うか」

「本郷家だけとは到底思えませぬ」

「うーむ」

と唸《うな》った玲圓に、

「それがし、本郷様のお屋敷に参り、冥加樽を持ち込んだ者に応対したご家来にお目にかかり、人数、風体《ふうてい》を尋ねます。その後、神保小路の屋敷を回り、被害の有無を調べ、まだ不逞《ふてい》の輩《やから》の訪問なき屋敷には注意を喚起したいと存じますが、お許しいただけますか」

しばし腕組みして沈思した玲圓が声を絞り出した。

「わが道場に関わる者がかような悪戯《いたずら》をなしたとは考えぬでもよいか」

「先生、それは決してございませぬ」

鐘四郎が即答し、玲圓は得心したように首肯した。

「坂崎、屋敷回りにそれがしも参ろうか」

「先生のご出馬はまだ早うございます。ここは師範とそれがしが務めます」

「頼む」

奥座敷から控え部屋に戻った磐音は、早々に稽古着から普段着に着替えた。玄関に向かうと、鐘四郎も汗臭い稽古着を脱いで青い顔で待っていた。

「師範、坂崎さん、われら、どうしましょう」

と案ずる門弟たちがまだ十数人残っていた。

「ただ今のところ、住み込み門弟だけでなんとかなりましょう。通いの方々はお引き上げください」

磐音の言葉に、

「では、後は頼みましたぞ」

と言い残して六、七人が引き上げ、住み込みの門弟数人が残った。

「師範、坂崎様、われら、なにをいたしますか」

「樽の中におよそいくら入っていたか、概算してくれぬか」

磐音の言葉に若い門弟が、

「坂崎様は奉書包みのままお入れになりましたが、いかほどですか」

と訊き返してきた。

「二両だ」

「承知しました。あとはおよそ目算が立とうかと思います」

「頼んだぞ」

御側衆本郷丹後守《たんごのかみ》家で冥加樽を持ち込んだ者に応対したのは、玄関番の二人の家臣であった。先ほど佐々木道場に姿を見せた倉橋用人も案じ顔で立ち会い、質問にその一人が答えた。

「稽古着姿にございましたゆえ、われらてっきり佐々木道場の門弟衆と考えまして、疑うなどとは努々《ゆめゆめ》思いもよらぬことでした。人数は二人、一人は三十半ば過ぎの厳《いか》つい顔の男で、もう一人は十ほど若く、六尺を超えた偉丈夫にございました。あの二人が佐々木道場の門弟でなければ、一体たれの仕業です」

「はてそれが……」

本郷家で他に分かったことがあった。門番の老人が、門の外に羽織袴姿の武家が二人に同道して待っていたのを目撃していた。

「門番どの、その者たち、当家を去った後にどちらに参ったか分かりませぬか」

「それならば分かります。辻《つじ》向こうの松前様の門内へと冥加の樽を持ち込みましたぞ」

「助かり申した」

二人は倉橋用人らに礼を述べた後、早速松前家を訪ねた。

松前家は旗本二千石、御小姓衆だ。こちらでも用人に面会を申し込み、仔細を話すと、

「おおっ、それならばうちも佐々木道場の普請にと十五両を寄進いたしました」

と答えた。

初めて実害が出たことになる。

「坂崎、そなたの案じたことが現実のものになったぞ」

と鐘四郎が頭を抱えて呻き、松前家の用人が、

「なんぞ曰《いわ》くがございますのか」

「それが……」

と鐘四郎が事情を話した。

「なにっ、佐々木道場の名を騙り、当家から十五両を騙《だま》し取っていきおったと申

されるか」

「まことに不都合なことにございます。改めて佐々木玲圓がお詫びに参上いたしますが、ただ今は実情を調べるのが先にございますれば、暫時猶予をいただきたく存じます」

磐音と鐘四郎は謝罪すると、ほうほうの体《てい》で松前家を後にした。

わずかなあいだに冥加樽を持ち込まれた神保小路界隈の屋敷は、七屋敷総額百二十五両となっていた。

昼の刻限はとっくに過ぎていた。

「どうする、坂崎」

「一旦道場に戻りましょう。木下どのと地蔵の親分が見えておるやもしれませぬ。こうなればもうお二方の知恵を借りるのがよかろうかと思います」

二人は小川町一橋通の雨森家を最後にして佐々木道場に戻った。すると、果たして木下一郎太と竹蔵親分の姿が玄関先にあって、辰平らと話していた。

「木下どの、地蔵の親分、相すまぬ」

と磐音が言葉をかけると、

「今月は非番月でしてね。奉行所にて御用を務めておりました」

と一郎太が応じた。

「およその事情が分かりました。やはりこの近隣のお屋敷へ冥加樽を持ち込み、寄進を願うておりました」

「やはりな。ご時世とは申せ、佐々木道場をタネに詐欺《かたり》を働こうとは、なんとも大胆不敵な話にございますな」

と一郎太が感心した。

「師範、坂崎様、われらが樽の金子を概算したところ、六両二分ほどではないかという結論に達しました」

と辰平が冥加樽の金子の概算を報告した。

そこへ磐音らの帰宅を察した内儀のおえいが姿を見せて、

「本多、坂崎、ご苦労でしたな。町方の方とご一緒に奥へ通ってくれませぬか」

と呼びに来た。

玲圓も磐音たちの下調べの結果を早く知りたがっていたのだ。

一同は佐々木家の居宅へと通った。

「佐々木先生、お久しぶりにございます」

と定廻り同心の木下一郎太が挨拶し、玲圓が、

「御用繁多の折り、わが道場のことで手を煩《わずら》わして相すまぬ」

と謝罪した。

「なんの、これがわれらの務めにございます」

頷いた玲圓の視線が磐音と鐘四郎に移った。

「いかがであったな」

磐音は懐から、被害に遭った屋敷の名前と寄進した金額を書いたものを広げた。

それを見た玲圓が、

「七屋敷百二十五両か」

と呻くように言った。

「先生、われらすべての屋敷を回ったわけではございませぬ。まだこの他に被害は出ようかと思われます。また冥加樽の中身はおよそ六両二分ほどかと」

「うーむ」

と唸った玲圓が訊いた。

「いずこも、冥加樽を持ち込んだ人物は同じか」

「はい、羽織袴の壮年の武家が指揮し、二人の稽古着の男が屋敷へ冥加樽を持ち込んで口上を述べております」

「呆れいった次第かな」

と渋らした玲圓が、

「この七屋敷には早速それがしが伺い、寄進なされた金子をご返却して回りたい」

と希望を告げた。

がばっ
とその場に頭を伏せたのは鐘四郎だ。

「先生、それがしが浅はかにも冥加樽などということを案じましたゆえに、かような迷惑を先生におかけすることに相成りました、お詫びのしようもございませぬ。本多、いかなるお沙汰も甘んじてお受けする覚悟にございます」

「本多、勘違いするでない。そなたらの行動を許したのはこの玲圓である。それが証《あかし》に、奥もそなたらが案出した樽にへそくりを投じたというではないか。今はそなたらの始末をうんぬんする場合ではないわ」

玲圓の言葉に一郎太が頷いた。

「佐々木先生、この話、ちと奥があるやもしれませぬな」

「うーむ、奥とはなにかな」

「大変失礼にございますが、道具立てのわりには、ただ今のところ被害額が百三十余両と少のうございます。そこがどうもひっかかります」

「木下どの、佐々木家にとっては百三十余両、十分に大金じゃがのう」

「いえ、失礼ながら佐々木家の内所に照らして申し上げたのではございませぬ、探索に関わるわれらの見方にございます。騙られたお屋敷側から考えますと、佐々木道場の改築ということで快く十両から二十両を寄進しておられます。各屋敷にとって心よりの志、こやつらが絡まねば心温まる話に終わったでしょうに」

「木下氏、それがし、近隣のお屋敷にそのような無心を願いとうはないし、これはそれがしの意志ではない」

「いかにもさようでございます。佐々木先生、これから被害が増えるとしても、精々四、五十両かそこいらとそれがしは睨みました。天下の佐々木道場を舞台にした詐欺《かたり》騒動にしては、騙し取る金子が少ないように思えました。となると、金子が目的なのか、あるいはその背後になんぞ隠された他の理由《わけ》があるのではと考えたのでございます」

「隠された理由とはなんだな」

「佐々木道場に恨みを持つ者が仕掛けた嫌がらせか。たとえば道場破りを企てたが反対にさんざんに打ちのめされて放り出された者が逆恨みしたとか、破門された門弟が仕掛けたとかです」

「長いこと道場の看板を掲げておるでな、そのようなこともあろうかとは思う。だが、剣術家がこのような姑息《こそく》な手を使いおるかのう」

と佐々木玲圓が小首を傾《かし》げた。

「世の中、佐々木先生のように高潔な人士ばかりではございませぬ。いえ、それがしの披露した考えはあくまで推論にございます。われら、早速、たれがこのようなことをなしたか探索に入ります」

と木下一郎太が約束した。

頷いた玲圓はおえいに、

「おえい、外出の仕度を」

と命じた。迷惑をかけた七屋敷に謝罪し、金子を返却して回るためだ。

二

道場に住み込み門弟らが集まっていた。鐘四郎は玲圓に従い、七屋敷を順繰りに謝罪に歩いていた。

「坂崎様、われらもなにかなすことはございませぬか」

でぶ軍鶏の重富利次郎が、黙考する磐音に言った。

「うーむ」

「今日の坂崎様はどうも煮え切らないですね」

「そう申すな。奥で言われた木下どのの言葉が気にかかってな」

「同心どのはなんと申されたので」

「金目当てというよりは佐々木道場への嫌がらせ、逆恨みではないかと申されたのだ」

「嫌がらせか。たれです、相手は」

「木下どのは、道場破りに来てさんざ打ちのめされた者とか、破門になった元門弟の仕業も考えられると申された。長年探索に関わってこられた方の勘で、確かな証《あかし》があってのことではないが」

「そうか、そのようなことも考えられるか」

利次郎も腕組みした。

「それがしはなにやらこのままでは騒ぎが終わらぬようで、それが気にかかっているのだ」

「新たな騒ぎとはなんですか」

「それが分からぬ」

と磐音が答えたところへ、おえいと台所で下働きをする小女《こおんな》と飯炊きが番重に握り飯と漬物、土瓶に茶碗を運んできた。

「皆様、騒ぎで昼餉を抜かさせましたな。こちらでお上がりなされ」

「おえい様、お心遣い申し訳ございませぬ」

年長の磐音が番重を受け取りながら謝った。

「おえい様から折角志をいただきながら、迂闊《うかつ》にも盗まれてしまい申し訳ございませぬ」

「いえ、皆様の心遣いも一緒に失くし、玲圓が一番歯軋《はぎし》りしております」

「木下どのらが探索に入られましたゆえ、数日内には吉報も聞かれましょう」

「そうであるとよいのですが」

憂い顔のおえいたちが奥へと消え、

「なにをするにしても、まずは腹ごしらえをいたすか」

「腹は空《す》いていますが、食べる気もしませぬ」

「おや、辰平はお内儀の心遣いを食せぬというか。ならばそれがしがそなたの分も頂戴しよう」

利次郎が両手に二つの握り飯を摑んだ。

「食わんとは申しておらぬ。返せ、一つはおれのだ」

辰平が利次郎から握り飯を取り返し、全員が車座になって茶を飲みながら腹を満たした。

握り飯の中には梅干が入っていた。

いつもなら食べることに没入する磐音だが、さすがに今日ばかりはそうもいかなかった。

遅い昼餉を食しても、玲圓と鐘四郎は戻ってくる気配がなかった。

「ここで考えていてもしようがない。どうだ、このもやもやしたものを吹き飛ばすために稽古をいたさぬか」

「腹ごなしにちょうどようございますな」

「よし、今日はそれがしとそなたら全員一緒の打ち込み稽古といたすか」

「えっ、われら六人が同時に坂崎様に打ちかかってよいのですか」

「おお、構わぬ」

「よし、坂崎様に一泡吹かせるぞ」

と辰平らが張り切った。

袋竹刀《ふくろしない》を手に防具をつけた六人と、袋竹刀だけの磐音が対決した。

半円に囲んだ真ん中にでぶと痩せの二羽の軍鶏がいて、爛々《らんらん》と輝く目で磐音を見つめた。

「よいな、それがしが素面素小手《すめんすこて》じゃというて手加減するでない。また、一本二本取られたからというて勝負が決着したわけではないぞ。最後の一人が床に這《は》い蹲《つくば》るまで行う。策を練りたければゆっくりと話し合え」

「承知しました」

半円が一旦崩れて面を寄せ合い、何事か時間《とき》をかけて話し合われた。

「よし！」

と気合いが響き、再び半円の陣形が取られ、さらに一歩前に利次郎が現れて、

「一番手、重富利次郎にございます」

と言った。

その後詰《ごづめ》に辰平が控えた。

「ほう、一対一でよいのか」

「利次郎、男にございます」
「よううた」
磐音と利次郎が正眼に構え合った。
「参ります！」
と叫んだ利次郎が巨体を利して一気に間合いを詰めてきた。正眼の竹刀が、
すいっ
と伸ばされると、利次郎の巨体で磐音の視界が塞《ふさ》がれた。
磐音は、利次郎の突進に合わせて辰平が行動を起こしたのを承知していた。利次郎は身を捨てて、辰平の二撃目に期待を寄せていた。
雪崩《なだ》れるように利次郎の竹刀が素面の額に落ちてきた。
立つ位置はそのままに磐音の竹刀が、
そより
と動いて、突進してきた利次郎の竹刀を弾《はじ》くと同時に面を襲っていた。
がくん
と膝が落ちて、背後にいた辰平が磐音の視界に晒された。
辰平が、

こなくそ！

とばかりに磐音の胴を抜こうとした。だが、その行動が完結せぬうちに面を叩かれ、押し潰《つぶ》されるように床に転がった。

残る四人が同時に襲いかかってきた。

磐音が前進しつつ竹刀を左右に振るい、前に飛び、後ろに下がったとき、四人は床に転がっていた。

「ほれ、戦いは始まったばかりだぞ！」

くそっ！

辰平が飛び起きた。

磐音は六人が起き上がり、構え直す時間を与えた。

「これよりは倒れておっても叩く。覚悟してかかって参れ！」

辰平が決死の形相《ぎょうそう》で飛び込んできて、五人が続いた。

ふわり
と磐音の体が舞った。

その直後、再びばたばたと辰平らは床に転がされていった。

道場に夕暮れが訪れ、玲圓と鐘四郎が戻ってきたとき、辰平ら六人は気息奄々《きそくえんえん》として床に寝そべり、伸びていた。

「なんだ、そのほうらの姿は。ほう、坂崎に稽古をつけられたか」

鐘四郎が声をかけたが、返事のできる者はだれもいなかった。

「いかがにございましたか」

磐音が二人に訊いた。

「奥で話そうか。ここではまるで魚河岸《うおがし》のようだからな」

と玲圓が笑い、奥へと誘った。

玲圓の表情は複雑だった。

「わが道場の冥加樽を持ち込まれ、金子を寄進なされた屋敷のいずれもが事情を承知なされ、それがしが返却しようと差し出した金子を受け取られぬのだ。そればかりか、改めて改築資金の一部にと金子を差し出されようというところまであって、断るのに汗をかくやら恐縮するやらで、かようにも遅くなってしもうた」

「そうでございましたか。偏《ひとえ》に先生のご人徳ゆえにございます」

「いや、この地にて剣術指南一筋に生きてこられたご先祖様の近所付き合いがあればこそじゃ。なんとも複雑な心境でな」

と玲圓が答えるのに続けて鐘四郎が言った。

「叱られて当然な話にもかかわらず、どこもが佐々木道場あらばこそ神保小路には何十年と盗人も出没せぬと感謝される有様でな、なかには家臣の剣術向上に通わせたいと申し出られた屋敷もあったわ」

「鐘四郎、それだけに当道場に盗人が入ったとあっては、穴があったら入りたき心境であったわ」

玲圓の話はついそこにいく。

「先生、木下どのや地蔵の親分が動かれましたからには、決してその者たちの所業を見逃すはずもございませぬ」

と磐音は玲圓に約定し、

「本日はこれにて辞去いたします。まことにお疲れさまにございました」

と挨拶した。

磐音が佐々木道場の帰りに米沢町の今津屋に立ち寄ると、ちょうど店仕舞いの刻限だった。大戸が半ば閉められ、

「あれ、後見、かような刻限に珍しいですね」

と新三郎が声をかけてきた。

「本日は佐々木道場に一日おる御用があってな」

と答えながら土間に入ろうとすると、最後の客が老分の由蔵に見送られて店を出るところだった。

磐音は身を引いて、客を通した。どちらかの用人か、壮年の武家だった。ほっと安堵の表情を見せたところから、金策がうまくいったか。

今津屋の本業は両替商だが、大名家や大身《たいしん》旗本の中には密かに金銭の融通を頼みに来るところもあったのだ。

改めて店に入ると、店先の上がりかまちで由蔵が待ち受けていた。

「どうなさいましたな、かような刻限に」

「ちと異なことが出来《しゅったい》しまして、一日道場に詰めておりました」

「台所に参りませぬか」

由蔵に誘われ、頷いた磐音は三和土《たたき》廊下から台所の板の間へと通った。女衆《おんなし》が夕餉《ゆうげ》の仕度にてんてこ舞いしていた。

おこんもおそめの姿も見えなかった。奥にでもいるのかと思っていると由蔵が、

「おこんさんはちと御用で外に出ております」

と磐音の視線を読んで答えた。

「さようでしたか」

二人は広い台所の黒光りした大黒柱の前に座った。そこは女の戦場の台所にあって隔絶した場所であり、角火鉢が置かれていつも鉄瓶が静かに音を立てていた。また火鉢のかたわらには由蔵らの茶道具が置かれてあった。

「道場改築費にと門弟衆が志を入れていった樽が忽然《こつぜん》と消えました」

と前置きした磐音は半日の出来事を告げた。

「なんとそのようなことが」

「まさか道場でかようなことが起こるとは迂闊でした」

「天下の佐々木道場の善意を踏み躙《にじ》る所業にございますな」

と立腹の体の由蔵が、

「樽には六、七両、近隣の屋敷からは百二十五両ですか」

「木下どのと竹蔵親分が調べておりますので、被害はもう少し増えるかもしれません」

「それにしても、佐々木道場の改築をタネに金子を騙し取ったのが武家というのが気に入りませんな」

「木下どのも、その辺が訝しいと言うておられました」

「これ以上なにも起こらぬとよいのですが」

「とにかく今は、木下どののお調べ待ちです」

「この世の中、なにが起こるかしれませぬ」

と答えた由蔵が台所を見回した。

女衆のだれもが奉公人何十人分と奥の夕餉の仕度で忙《せわ》しく動き回り、二人に注意を向ける者などなく、その場だけ格別な時が流れているようだった。

「坂崎様、おこんさんのことだが、どう思われますな」

「どうとは」

磐音は問い返した。

「あれほど才気煥発《かんぱつ》なおこんさんが、呆然《ぼうぜん》としてわれを忘れているときがございます」

「やはり老分どのもお気付きでしたか。それがしも気になっておりました」

「坂崎様もそう思うておられましたか」

と答えた由蔵が自ら鉄瓶の取っ手に布巾《ふきん》を巻いて茶を淹れてくれた。

「旦那様も気になされております」

「先日、急ぐ話ではないが、と途中で言葉をお止めになったことがありましたが、そのことでしょうか」

由蔵が首肯した。

「おこんさんはこれまで今津屋の奥を一人で取り仕切ってきましたからな、どこか力が抜けたのでしょうかな」

磐音は中川淳庵と話し合ったことを由蔵に告げた。

「なんと、淳庵先生に相談しておられましたか」

「老分どの、正直にお尋ねしますが、奉公に差し支えておりますか」

「ただ今のところございませぬ。旦那様と私が気にしていることは、坂崎様と一緒にございますよ。おこんさんの状態がこれ以上酷《ひど》くなり、気鬱《きうつ》にでもなったらと案じているところです」

磐音はしばし沈思した。

「おこんさんを伴い、中川さんか桂川さんにお会いして相談します」

「それがいい」

「その結果次第では奉公をしばらく休むもよし……」

「坂崎様、思い切っておこんさんと祝言を挙げられませぬか」

「それも一つの途《みち》かと存じます」

「なんぞ気がかりがございますか」

由蔵は磐音の表情を読んだように訊いた。

「奉公を休む、それがしと所帯を持って暮らしを変える。そのことがおこんさんの加減をよくすることに繋《つな》がるかどうか自信が持てませぬ」

「そうですな。結局、おこんさんが新しき生きがいを見出し、自らそれに取り組むことが大事ですものな。坂崎様がおこんさんにとっていくら大切な人とは申せ、厳しい言い方だが所詮《しょせん》他人です。他人から押し付けられたことで物事が解決するとも思えない」

「それがしもそう考えます」

磐音は由蔵が淹れた茶を喫すると、

「本日は長い一日にございました。長屋に戻り、よく考えたいと思います」

「もう夕餉の刻限ですぞ」

「道場で遅い昼餉を馳走になりましたし、道場の一件も気になります。地蔵の親分の家に立ち寄って参りたいと存じます」

磐音はそう言うと立ち上がった。

両国橋を渡りきったとき、五つ（午後八時）の時鐘が響いてきた。

両国東広小路には秋風が吹いて、乾いた馬糞《ばふん》や埃《ほこり》を巻き上げ、見世物小屋も店仕舞いしてさすがに人影は少なかった。

磐音の足が止まった。

由蔵には竹蔵親分を訪ねると言ったが、探索を願ったのは今日のことだ。事態が急転することがあれば、親分が知らせてくれるはずだ。あまり急がせてもなるまいと考え直した。

磐音の足は広小路を斜めに突っ切り、竪川《たて》へと向かった。

腹も減っていた。だが、どこぞでなにか食する気にもならなかった。

（金兵衛長屋に戻ろう）

と磐音は思った。

竪川が大川と合流する一ッ目之橋を渡ろうとすると、木枯らしが大川から吹き付けてきた。磐音の心を凍らせるような風だった。

橋を渡りきり、弁天社から関東惣録《そうろく》屋敷の人影もない河岸道を、六間堀へと急いだ。弁天社の森は竪川沿いに千坪ばかりあって、境内《けいだい》には池もあった。

元禄《げんろく》六年（一六九三）、杉山和一検校が江ノ島に祈願して勧請《かんじょう》したものだ。寺社奉行からの借地である。ゆえに隣の関東惣録屋敷とは関わりが深い。

竪川から六間堀川へ曲がると最初の橋が松井橋だ。もはや金兵衛長屋には一本道だ。

磬音の足が再び止まった。

二番目の橋、山城橋の袂《たもと》に女が佇《たたず》んで堀面を見ていた。胸に風呂敷包みを抱えた姿はおこんだった。

胸を突かれた。

磬音はかようにも寂しいおこんの姿に接したことがなかった。足が凍り付いていた。

おこんは独りなにを悩むのか。

磬音の脳裏を思いが疾《はし》った。

(坂崎磬音、おこんの悩みはそなた自身の悩みじゃぞ。他人に任せるでない！)

がつん
と頭を強打されたようだ。

磬音はおこんのもとへと歩み寄った。

「おこんさん、金兵衛長屋を訪ねておられたか」

おこんは細身を震わせた。

はっとして振り向いたおこんの顔を常夜灯の淡い橙《だいだい》色の灯りが零《こぼ》れて浮かび上がらせた。寂しい顔だった。磐音が初めて見るおこんの表情だった。

「どうしたの」

「どうしたもないものじゃ。今津屋に立ち寄り、長屋に戻るところだぞ」

磐音は努めて陽気な声を張り上げた。

「お父っつぁんの長屋の帰りなの」

おこんは分かりきったことを答えた。

「私、どうかしていたわ。六間堀の水面なんか眺めて」

頷いた磐音に、

「六間堀は生まれ在所だからな」

今度は頷き返したおこんが、

「お店に戻らなきゃあ」

「送って参ろう」

「今津屋から深川にようやく戻り着いたところでしょう」

「迷惑かな」

「どうして迷惑なんていうの」

「それがし、おこんさんに従い、両国橋を渡り申そう」

磐音はおこんが胸に抱えていた風呂敷包みを取ると片手に提げ、歩き出した。

おこんも従った。しばらく歩いたところで訊いた。

「おこん、なにを考えておった」

歩みを止めたおこんが磐音を見た。

弁天社の森が黒々とある河岸道に差しかかっていた。

「なにって、なにも」

「水の流れをただ見ていただけか」

「そんなことが気になるときもあるわ」

おこんが歩き出そうとした。

磐音は片手でおこんの手を握った。

はっ
として手を引っ込めようとしたおこんが思い止まり、磐音の手を握り返してきた。

冷たい手だった。

長いこと六間堀川に佇んでいたことを示していた。

磬音は、

(愛おしい)

と思った。

だれよりもおこんが好きだと思った。

「おこん、忘れずにいてくれ」

「…………」

「そなたは決して独りではないぞ。坂崎磬音がおる。そのことを忘れずにいてくれ」

磬音の悲痛な声がおこんの耳に届いた。

「坂崎さん」

おこんが身をぶつけるように磬音の胸に縋《すが》ってきた。そして、泣き出した。

「好きなだけ泣くがよい。思うことあらばこの私に吐き出してくれ」

磬音はおこんの身を受け止めながら片手で背を摩《さす》り続けた。

おこんは磬音に縋って泣き続けた。

三

磐音はその夜、今津屋の階段下の小部屋に泊まった。

五つ半（午後九時）過ぎ、潜り戸を叩いた磐音とおこんを迎えたのは由蔵だった。

「偶然にも六間堀端でおこんさんに会うたので送って参りました」

「ご苦労でしたな」

と先ほど戻ったばかりの磐音に応じた由蔵が、

「坂崎様、今宵は店に泊まっていきなされ。それに夕餉もまだのご様子だ。おこんさんと三人で偶《たま》には酒でも飲みますか」

と誘ってくれた。

すでに奉公人の姿は台所の板の間から寝間へと消えていた。

由蔵はおこんの戻りを案じて待っていたようだ。この数年、由蔵は大所帯の今津屋の店を、おこんは奥を取り仕切ってきた仲だ。

角火鉢の前にはおこんの箱膳《はこぜん》が一つ残されていた。

「坂崎さん、夕餉はまだだったの」

おこんがそのことを案じた。

「なあに昼餉が遅かったから、腹も空いておらぬ。それよりおこんさん、腹も空いたろう」

「ごめんなさいね、お父っつぁんと一緒に食べたの」

と答えたおこんが、

「今、お酒の仕度をするわ。私のを食べて」

いつものおこんに戻ったようにてきぱきと働き始めた。

その夜、三人は酒を酌み交わしたが、おこんの話は一度も出なかった。

磐音が口火を切って、佐々木道場を見舞った冥加樽の盗難の一件をおこんに話した。

「玲圓先生もご心配ね」

「なにしろ道場改築を決断なされ、今津屋どののご厚意の三百両で目処が立った矢先のことだからな」

「それにしても、被害に遭われたお屋敷に詫びに行かれた玲圓先生がかえって激励されるとは、先生の人徳ですな」

由蔵が言う。

「先祖代々、佐々木家が神保小路で近所付き合いを大切にしてこられた賜物です」

「いかにも」

磐音一人が遅い夕餉を食して階段下の小部屋で眠りに就いたのだ。

布団を敷きのべてくれたおこんが、

「ごめんなさい、心配かけて」

と詫びた。

「そなたとそれがしの間だ、詫びの言葉など要《い》らぬ」

おこんが磐音の顔を見て小さく頷く。

「ゆっくりと休まれよ」

磐音が差し伸べた手をおこんがそっと握り返した。

宮戸川の鰻割きがそろそろ終わりの刻限、鉄五郎親方に伴われて竹蔵親分が姿を見せた。

「分かったところまでご報告にめえりやした」

という竹蔵の言葉に鉄五郎が、

「坂崎さん、あとは三人に任せて上がりなせえ」

と許しを与えた。

竹蔵の報告は帳場で聞くことになった。鉄五郎は御用のことだから遠慮しようと言ったが、竹蔵が、

「鉄五郎親方なら心配ねえや。それにこの話、川向こうのことでね、本所深川には関わりはございませんよ」

と竹蔵が前置きした。

「まだはっきりとはしませんが、どうやら筋道が見えてきた。女の妬《ねた》みも怖いが、男のそれもなかなかのもんだねえ」

「なんと、男の妬みが原因と申されるか」

「いや、佐々木玲圓先生の盛名を妬んだ剣術家がやった仕業かもしれないと、木下の旦那とわっしの意見が一致したのでございますよ」

「というと」

磐音が予想もかけない報告に訊き返す。

「神田川を挟んだ北側、水戸様のお屋敷の東側に御弓町がございますが、その中

ほどに加賀様と縁のある中条《ちゆうじよう》流指田《さした》精左衛門《せいざえもん》茂光《しげみつ》様の剣道場がございます」

　磐音は頷いた。

　神田川を挟んで直心影流佐々木道場と中条流指田道場は、江戸の町道場の龍虎《りゆうこ》と並び称された間柄だった。それが、先代の指田宗兵衛《そうべえ》が病身だったこともあり、門弟の数などで急速に佐々木道場と差が開いた。今では剣術界に指田道場の名も聞かれなくなっていた。

「先代はお子にも恵まれませんでねえ、遠縁の娘を養女に迎え、弟子の一人を婿《むこ》に迎え、指田道場七代目が誕生しましたんで。それが当代道場主指田精左衛門茂光様にございますよ」

「地蔵の親分、その指田精左衛門様がこたびの冥加樽盗難騒動の黒幕と目されるので」

　と鉄五郎が呆れ顔で訊いた。

「指田先生直々にこたびの騒ぎを指揮なされているかどうかまでは、まだ裏付けが取れておりやせん。ですが、神保小路の各屋敷に盗んだ冥加樽を持ち回った羽織の武士は、師範の池端五郎丸《いけはたごろうまる》様、二人の門弟は狛田源三郎《こまだげんざぶろう》に伊賀多助《いがたすけ》と見て、まず間違いございやせん」

「竹蔵親分、そなたらの探索を疑うわけではない。だが、なにかの間違いではござらぬか。剣術家が同じ剣術家に、かようにも姑息な嫌がらせをするものであろうか。いや、嫌がらせをする理由が分からぬ」

磐音の言葉に竹蔵が苦笑いした。

「剣術家も人の子、人格も実力もピンキリでございます。坂崎様の言われることも分からないじゃねえが、池端ら三人が佐々木道場から冥加樽を持ち出したのは確かなんで。こやつらが本郷三丁目の飲み屋に集まり、佐々木道場の改築話が話題になり、なんぞ手を打たぬとますます指田道場の影が薄くなると声高に話をしていたというのが耳に入りましたんで」

「飲み屋の話は話だけに終わるものだがな」

「嫌がらせというより、佐々木道場の盛名を妬んで、その名をなんとかして傷つけようということではございませんか」

と竹蔵が探索の結果を分析した。

「それにしても昨日の今日、ようも指田道場まで辿《たど》りつけましたな。さすがは地蔵の親分だ」

鉄五郎が疑問を呈しながらも褒《ほ》めた。苦笑いした竹蔵が、

「本所深川のことならなんとか動けるんだが、大川の西側となるとさっぱりだ。木下の旦那も縄張り外でございましょう。ですが、奉行所というところは、密偵もおられれば各親分が下っ引きも抱えておられる。木下の旦那は、まず南町に戻って情報を集められた。そんな中から浮かび上がってきた話なんで。こうなれば裏をとるだけでさ。指田道場の周辺で聞き込みをしますと、あっさりと池端らの話が出てきやした」

「なんとのう」

磐音はまだ信じられない気持ちで唸った。

「当代の指田精左衛門どのはどのようなお方にござるか」

「歳《とし》は三十八、剣の実力は代々の指田家の中でも屈指と評判だが、なにせ粗暴の上に酒癖が悪く、指田道場に入門しても門弟が残らないんだそうです。いえね、精左衛門様の剣技の評判を聞いて入門した弟子に対して好き嫌いが激しく、嫌われると稽古の折りに半殺しの目に遭うということなんでございますよ。これじゃあ、いくらなんでも昔の盛名を取り戻すことはできやせん」

「ということは、こたびの騒ぎの黒幕はこの指田精左衛門様というのかえ」

「親方、木下の旦那はそう睨んでいなさるんでさ」

と答えた竹蔵が、

「それにさ、指田道場は金に困っているという御弓町界隈の評判なんで。いよいよ騒ぎの大元はこの辺だと考えて間違いございませんよ」

と竹蔵が言い切った。


磐音は暗い気持ちで両国橋を渡り、今津屋を横目に神田川沿いを神保小路に向かった。

竹蔵には、

「こたびのこと、江戸剣術界の醜聞になろう。念には念を入れての探索」

を願っていた。また他人に洩らさぬよう一郎太に言伝してくれと併せて願った。

「へえっ、畏まりました。木下の旦那も慎重に調べると言っておられます。確かな証が出ました折りは、旦那が佐々木先生に直々にご報告なさると思います」

「お願いいたそう」

道場に到着すると稽古の音はしていたが、玄関先に本多鐘四郎がいて、憮然《ぶぜん》とした表情をしていた。

「師範、なんぞ新たなことが出来しましたか」

「昨日の七屋敷に加え、駒井小路《こまいこうじ》などで新たな三屋敷が四十両を寄進しておることが判明してな、奥で先生と速水様が善後策を相談しておられるところだ」

「師範、かような折りこそ稽古の手を抜いてはなりませぬ。それがしもすぐに加わりますが、稽古の陣頭指揮をしてくだされ」

「よし」

と答える鐘四郎に、

「まず先生にご挨拶して道場に参ります」

と断り、奥座敷の廊下から声をかけた。

「先生、お早うございます、坂崎にございます。お邪魔してようございますか」

「坂崎か、入れ」

と玲圓の許しが出た。

磐音は鐘四郎に会う前は、竹蔵から知らされた指田道場の一件は胸に仕舞っておこうと思っていた。木下一郎太が玲圓に直《じか》に報告すると聞かされたからだ。

「坂崎、なんぞ判明したか」

「先ほど、南町奉行所定廻り同心の鑑札《かんさつ》を貰う竹蔵親分がそれがしのもとへ参り、探索の経過を知らせていきました」

「ほう、当たりがあったか」

と速水が尋ねた。

「それがちとご不快な話と思えますので、確かな証がとれるまでご報告を待とうと考えて道場に参りました。ですが、新たな被害が生じたとか」

「それで速水様とこうして話し合うているところだ。不快な話とはなんじゃ。まさかわが門弟が関わっているということではあるまいな」

「いえ、そういうことではございません」

磐音は木下一郎太が探り得た内容を告げた。

話を聞いた佐々木玲圓も速水左近もしばしなにも言わなかった。

「木下どのの探索じゃが、見当違いということはないか」

「それがしも竹蔵親分に探索の念押しをしてございます。ただ今も道場に参る道すがらあれこれと考えて参りましたが、二人がこのように名を挙げる以上、確かな手応《てごた》えがあってのことと思われます」

「うーむ」

「真実《まこと》なれば呆れ果てた所業かな」

と二人が唸り、首を傾げて感想を洩らしたりした。

「坂崎、この話、本多らにしたか」

「いえ、まず先生にと、かくの如く参上しました」

玲圓と速水が顔を見合わせた。

「指田家の先祖は加賀の前田家の家臣と聞いておる。この話が真実であれ、間違いであれ、慎重に事を運ぶことが肝要にござるな」

と速水が言い、

「玲圓どの、この一件、はっきりとした折りにはどうなさるな」

と玲圓に訊いた。

「思案に余るところにございます。ともあれ、指田道場のためにも江戸剣術界のためにも、密かな始末がよかろうかと思います」

「いかにも」

と速水が答え、玲圓は厳しい顔で門弟のだれにも洩らすなと磐音に命じた。

「畏まりました」

道場に立った磐音は雑念を振り払い、一人稽古に没頭した。それは門弟のだれもが、

「稽古の相手を」

と申し込むことができぬほどに険しい態度であった。

昼前、稽古が終わり、井戸端でそのことが話題になった。

「今日の坂崎様は近寄りがたい様子でしたが、なんぞございましたので」

痩せ軍鶏の辰平が恐る恐る訊いた。

「おれもそう感じたぞ」

と鐘四郎も同調した。

「いえ、あのようなことが起こり、ちと己の気を引き締めようと考えたまでです。ご同輩に不快な思いをおかけしたなら謝ります」

「坂崎、それはわれらも一緒だ」

と答えた鐘四郎が、

「木下どのからなんぞ報告はないか」

「いえ、それが」

「ないか」

とがっくりと肩を落とした。

磐音が米沢町の角、両国西広小路の角に店を構える今津屋の店頭に立ったとき、小僧の宮松《みやまつ》が、

「老分さんが橋番所にすっ飛んでいかれましたよ」

「なにがあったのだ」

磐音が急《せ》き込んで訊いた。

「なんでも冥加金を集める樽が見付かったとかなんとか」

「なにっ！」

磐音も両国の橋を管理する橋番所に向かって人込みを分けた。

両国橋の両端には町奉行所支配の橋番所が置かれていた。

この西広小路番所の経営は、特別に鑑札を受けて広小路の中で経営が許された髪結床十七軒の地代、庭銭の上がりの、およそ半分をもって運営されていた。

磐音が橋番所の前の人だかりを分けて進むと、由蔵の声が響いてきた。

「ご厚意は有難うございますが、佐々木道場はこのような真似《まね》はなされませぬ。この冥加樽は昨日道場から盗まれたものにございます。どうぞお引き取りください！」

由蔵は醬油の空き樽を利用して作られた佐々木道場改築費冥加樽の前に仁王立

ちになり、銭を樽に入れようとする群集に叫んでいた。
磐音はすぐさま佐々木道場からなくなった冥加樽と分かった。だが、立て札の文句が違っていた。
「江戸住人へ
神保小路にて直心影流剣術指南の看板を掲げる佐々木道場ではこの度増改築の企てをなしたり
そこで広く世間に応分の助成を得んとかく冥加樽を持ち出し所存也
江都の安寧《あんねい》のために強く寄進を願い上げ候
安永五年九月吉日　道場主佐々木玲圓」
磐音は呆然とその文言を読んだ。
「今津屋の老分さんよ、いいじゃねえか。おれがおれの銭を樽に投げ込もうという話だ。だれに文句を言わせるんだえ」
「お気持ちは分かります。ですが、橋番所は町奉行所の支配下にございます。その場所に冥加の樽を置いて金子を集めてよいわけはありませぬ。なにより佐々木道場の与り《あずか》知らぬ話にございます」
「老分さんがよ、そう頑張る話でもねえと思うがな」

と言う職人に由蔵は首を横に振って、冥加樽盗難の経緯《いきさつ》を懇々と説明していた。

磐音も由蔵の前に行くと、

「それがし、佐々木道場の門弟にございます。老分どのの申されるとおり、この樽は昨日、道場から盗まれたものにございます。師匠佐々木玲圓はかようなことを決して望んではおりませぬ。お気持ちだけ有難く頂戴いたします。どうかこの場をお引き取りくだされ」

と声を嗄《か》らすところに木下一郎太と竹蔵親分が姿を見せて、

「南町奉行所のお出張《でば》りだ。さあ、行ったり行ったり！」

と手際よく野次馬を追い散らした。

奉行所同心の登場に野次馬がようやく姿を消し、いつもの橋番所に戻った。

ふーう
と由蔵が大きく息を吐いた。

「老分どの、相すまぬことでございました。老分どのに止めていただかなければ、事の真相はともかく、大いに佐々木道場の名に傷がつくところでした」

磐音は謝った。

「坂崎様、呆れましたよ。たれがこんなことを仕掛けたんですかね」

由蔵がほっとした様子で訊いた。

「はてそれは」

磐音は一郎太に目配せして、

「先生が木下どのにお目にかかりたいと申されております」

とその場で口を開くことを封じた。

四

町人姿の磐音は、竹蔵に案内されて本郷三丁目の裏路地にある煮売り酒場陸奥《むつ》に入った。

銅鍋《どうなべ》に鰤《ぶり》大根が煮られ、醬油の匂いとともに温もりを、狭い店に漂わせていた。

「熱燗と、なんぞつまむものをくんな」

元々、竹蔵は蕎麦屋の主だ。御用聞きの風体を消し去るくらいなんでもない。

磐音は竹蔵の弟子といったふうの、洗い晒しの腹掛けに股引《ももひき》、印半纏《しるしばんてん》を着た形《なり》だ。

二人がちびちびと酒を飲んでいると二人の若者が入ってきた。近くの中条流剣術道場指田精左衛門の門弟であることを、竹蔵が目顔で磐音に教えた。

「親父、酒だ」

「伊賀様、だいぶ付けが溜まってますぜ、いくらか入れてもらえませんかね」

と陸奥鉢の親父がぼやくように言った。

「分かっておる。近々、先生から小遣いをいただくことになっておる。その折り、払う」

「ここんとこ、そんな言い訳ばかりだぜ」

「いや、こたびは間違いない。われらも働いたでな」

「道場の門弟が、なにをして小遣いをいただくほど働いたんです」

「それは内緒だ」

親父の当てにならねえという呟きに薄ら笑いで答えた伊賀は、磐音と竹蔵が飲む背中合わせに座をとり、潜み声で、

「樽なんぞを持ち回って金を稼いだなんて、他人に言えるものか」

と囁いた。

伊賀とは、佐々木道場の玄関先に置かれた冥加樽を盗み出した門弟の一人だろう。

「伊賀様、こんなことをして、あっちにばれませぬか」

「相手はうちと一緒の剣道場だ、頭がそう回るものか」

「そうかな。それがし、うちは結構危ない橋を渡っておられるように思いますが」

「常崎《つねざき》、そのような言葉が先生の耳に入ってみろ、半殺しの目に遭うぞ。最近の先生はとかく気が立っておられるからな」

「指田一族じゅうから道場の再興を求められたとはいえ、なにかやり方が間違っていますよ」

「先生のご意思だ、致し方あるまい」

伊賀の席に酒が運ばれてきて、二人の口からその話題はそれっきりになった。

「磐《いわ》、行くぜ。いつまでも未練たらしく空の盃を握ってるんじゃねえや」

竹蔵に叱られた磐音はしぶしぶという表情で立ち上がった。

半刻《はんとき》（一時間）後、陸奥鉢を二つの影が出た。影は店の前で二つに分かれた。

若い侍は通いと見えて、加賀屋敷の方角、日光御成道へと向かい、長身の伊賀は住み込みか、指田道場に戻る気配で歩いていく。

伊賀多助の足がふいに止まった。

行く手を、飲み屋にいた客の一人が塞いでいた。

うーむ
と唸った伊賀が、

「そのほう、なんだ。それがしに用事か」

と問うた。

「へえっ、おまえ様に用があるのは後ろの方ですよ」

「なにっ」

伊賀が気配も感じさせない背後の人物を振り返った。辺りの闇に溶け込んでひっそりと立つ影があり、その手には木刀が握られていた。

「そなたらは陸奥鉢にいた職人だな」

「佐々木道場の坂崎様にございますよ」

と前方の影、竹蔵が答えると、躊躇《ちゅうちょ》することなく伊賀が剣を抜いた。

その伊賀へ、木刀を手にした後ろの影、磐音がするすると間合いを詰め、伊賀が得意の逆八双《はっそう》から突っ込んでいった。

磐音が伊賀の長身に相対するように踏み込んだ。

直後、剣と木刀が絡み、剣が二つに折れて切っ先が虚空に舞い飛び、
あっ

という驚きの声に被さるように伊賀の肩口が叩かれて、その場に転がった。

「親分、戻ろうか」

「へえっ、神田川を人目に晒されずに渡るのは厄介ですぜ」

「出会った者には、酔っ払いを介抱するとでも思わせるしかあるまい」

磐音が伊賀多助のぐったりとした長身を抱え上げた。


さらに一刻（二時間）後、御弓町にある中条流指田道場に二つの影が忍び寄った。

二人は羽織袴に大小を差し、面体を隠す風もなく堂々と道場の通用口を開いて敷地に入り込んだ。さすがは加賀藩前田家百万石の援助を受けてきただけに、風格のある破風《はふ》造りの道場だ。だが、夜空に聳《そび》える建物はどことなく荒《すさ》んだ感じが漂っていた。

道場では酒盛りでもしているのか人の気配がした。

「御免くだされ」

と訪いをかけたのは坂崎磐音だ。そして、もう一人の羽織袴はひっそりと立っていた。道場で、

びくり
とした気配があって、二人の門弟が木刀を手に飛び出してきた。

「夜分に何用か」

「指田精左衛門茂光どのにお目にかかりたい」

「なにをぬかすか。かような刻限に他家を訪問するとは礼儀知らずも甚だしいわ」

「礼儀を心得ておるゆえ、かような刻限に参りました」

「なんと申すか」

応対した者とは別の門弟が、

「そのほうら、何者か」

と問うた。それまで無言を通してきた壮年の武士が答えた。

「佐々木玲圓道永《みちなが》にござる」

二人は凝然として言葉を失い、奥へ駆け込もうとした。

「お騒ぎあるな。指田道場に厄介が降りかかるやもしれぬ」

「おのれ！」

二人は踵《きびす》を返すと奥へと消えた。

玄関先の二人は長いこと待たされた。だが、玲圓も磐音も一言も発することなく泰然自若として待った。

佐々木道場に連れ込まれた伊賀多助は、玲圓と剣友の速水左近が対座する奥座敷に面した庭に運ばれた。

抱えてきた磐音が背に活を入れ、目を覚まさせた。

伊賀は辺りをきょろきょろと見ていたが、町人姿の磐音に目を留めてなにか叫ぼうとした。

「お静かになされ。こちらは佐々木玲圓先生の居宅である」

と磐音に教えられ、伊賀は茫然自失した。

はっ
と我に返った伊賀が逃げ出そうと辺りをそっと窺ったが、

「逃げようとしても無駄じゃ」

と磐音に静かに宣告されて大人しくなった。

「伊賀どの、佐々木玲圓先生とご一緒あるは、上様御側御用取次速水左近様にござる」

「な、なんと」

「そなたの返答次第では、この一連の騒ぎ、公儀に知らされるやもしれぬ。お覚悟あれ」

伊賀が身をぶるっと震わせた。

「それがしの問い、佐々木先生と速水様の問いとお考えなされよ。念のため告げるが、およその調べはついておるゆえ虚言は無駄にござる」

伊賀の肩が落ち、姿勢がさらに崩れた。

「そなた、わが道場玄関先から、醤油樽を利用して作られた冥加金を集める樽を持ち去られたな」

すぐに返答はなかった。

「その折り、各お屋敷に同道したのは狛田源三郎どの、表で待っておられたのは師範の池端五郎丸どのに相違ござるまいな」

磐音の問いにしばし無言を通していた伊賀多助の顎が、ふいにがくがくと縦に振られた。

「上がられよ」

先ほどの門弟が戻ってきて佐々木玲圓と磐音に命じた。

「失礼つかまつる」

玲圓と磐音は腰の大刀を抜くと右手に持った。

道場には灯りが煌々《こうこう》と点され、十数人の高弟たちが左右の壁に居流れて二人を迎えた。そのだれもが敵意を剝《む》き出しにして、中には木刀ばかりか剣をかたわらに引き付けている弟子もいた。

見所《けんぞ》は無人だ。

当然、神棚が置かれ、初代指田宗兵衛と思える人物の掛け軸が飾られていた。

玲圓と磐音は端然と道場の中央に座し、見所に向かって深々と上体を折って拝礼した。

加賀藩と縁が深い中条流は中条流平法とも呼ばれ、剣と槍《やり》をよくした。

流祖の中条兵庫頭長秀《ひょうごのかみながひで》は父景長《かげなが》の跡を継ぎ、挙母《ころも》城主として三河の所領三万七千貫を相続した人物だ。

二人が拝礼を終えた後、見所に大兵が姿を見せた。

じろり
と深夜の訪問者を見下ろしたのは、指田道場七代目精左衛門茂光だ。見所の下に師範の池端五郎丸が控えた。

「佐々木どの、何用あっての推参か」

「その理由は、すでにお手前の胸中にござろう」

「夜分に非礼なる訪問をいたす輩から、そのような言葉を投げられる謂《いわ》れはなし」

ゆらり
と指田精左衛門が胡坐《あぐら》をかいて見所の座布団に腰を落とした。

「当道場のご門弟、伊賀多助どのの身柄、わが道場にござる」

「なにっ！」

という叫びが指田から上がった。

池端が左右に居流れる門弟を見た。

「伊賀は陸奥鉢に常崎と出かけました」

狛田源三郎が叫んだ。

「その帰り道、それがしが伊賀どのを引っとらえました」

磐音が言い、

「佐々木先生の前で、伊賀どのはすべてを自白なされた」

とさらに言葉を継いだ。

ああうっ！

しゃあっ！

という驚きとも悲鳴ともつかぬ言葉が道場に重なって響いた。

見所の指田が師範の池端に目配せした。

「各々方、夜中に乱入いたしし賊二人を斬《き》り伏せよ！　構わぬ」

池端が叫ぶと、自ら羽織を脱ぎ捨て、かたわらの剣を摑んで立ち上がった。左右の壁に控えていた門弟も立ち上がった。

「佐々木先生、それがしが」

「うーむ」

磐音は玲圓に従い、門弟のいない壁に下がると羽織を脱ぎ、包平《かねひら》を脱いだ羽織の上に置いた。

「拝借いたす」

と断ると、壁に掛かっていた木刀を摑んだ。

玲圓は壁を背に座した。

「それがしがお相手つかまつります」

磐音は木刀を振るとすでに二重の陣形を整えた指田道場の門弟たちの前に、

するする

と出ていった。

十数人の内、半数が剣を抜き、一人など真槍《しんそう》を構えた者もいた。残りの半数は木刀だ。木刀組はまだ若い弟子たちだった。

二重の陣形の先頭に、師範の池端五郎丸が立っていた。

身幅の厚い剣を正眼に構えた。

磐音も木刀を相正眼に置いた。

「前田家縁《ゆかり》の中条流指田道場、最後の夜にございます。存分に覚悟しておいでなされ！」

磐音が言い放った。

「なにくそっ！」

池端が正眼の剣を胸前に引き付けると同時に、磐音へと突進してきた。その背後の二重の半円が、池端の後詰に回って間合いを詰めた。

一気に勝負の間合いが切られ、池端の剣が不動の磐音の面上を襲いきた。

磐音が、

そより

と動いたのはその瞬間だ。

池端の雪崩《なだ》れ落ちる剣を弾くと、電撃の袈裟懸《けさが》けを肩に叩き込んだ。

がつん！

という鈍い音が響いて池端の肩甲骨《けんこうこつ》が砕け折れ、
うっ
という切羽詰まった叫びの後、その場に転がった。同時に二重の輪が押し寄せてきた。

磐音は突きつけられた槍の穂先を寸余で躱《かわ》し、千段巻《せんだんまき》を叩くと、相手が槍を取り落とした。

からから
と道場の床に槍が転がった。

磐音はさらに自ら乱戦の中に身を入れ、路地を吹き抜ける春風のようにあちらこちらと戦《そよ》ぎ揺れ、方向を転じつつ、木刀を鮮やかに振るってみせた。すると磐音が動いた後にばたばたと門弟衆が倒れ、磐音は戦いの場の外に逃れ出た。

なんと道場の床には、剣を構えた者と槍で突きかけた門弟だけが倒れ伏していた。木刀を構えた若い弟子たちは、呆然と立ち竦《すく》んでいる。

「もはや勝負は決し申した」

磐音が宣告すると、木刀を無用にも構えて立つ門弟らに、

「床に倒れしお仲間を介抱なされよ！」

と穏やかに命じた。

はっ
と我に返った風情《ふぜい》の四人が仲間たちに声をかけたり、助け起こしたりしながら道場の端に退いた。

「おのれ！」

という指田精左衛門の罵《のの》り声が響き、玲圓が静かに羽織を脱いだ。

「指田どの、そなたの相手はこの玲圓にござる」

「佐々木玲圓、そのほうらの傍若無人許さぬ！」

指田は剣を抜き放つと鞘《さや》を見所に投げ捨てた。

玲圓は軽やかに道場の中ほどに進み出ると、愛用の備前一文字派助真《びぜんいちもんじすけざね》二尺三寸一分を抜き放って指田精左衛門の前に立った。

間合いは二間。

道場の視線はすべて二人の対決に集中した。

指田は八双に剣を取った。

玲圓は正眼の構えだ。

江戸の安永期（一七七二～八一）を代表する剣客は互いの構えを崩すことなく睨み合った。

憐憫《れんびん》と憎悪がばちばちと交錯した。

「佐々木玲圓憎し、人の情なればそれはそれで構わぬ。じゃが、剣者として取るべき道は自ずと違い申した」

「言うな、玲圓」

「わが門弟が一文二文と投げ入れし銭の樽を盗み、あまつさえわが道場の近隣屋敷に寄進を乞《こ》うたその心根許すまじ。侍の所業に非ず」

「高慢なり、佐々木玲圓」

その言葉を最後に二人は無言の対決に入った。

時がゆるゆると流れ、指田道場は森閑とした静寂に包まれた。

ふいに指田の八双が高々と天を突いた。

玲圓の正眼の助真が下段へと静かに下りて脇構《わきがま》えに移行した。

そこで再び両雄の動きは停止した。

だが、不動の姿勢は不動のままではありえない。いつかは壊れ、生死の境へと突入する。

おおっ！

えいっ！

と二人の口から気合いが洩れ、指田精左衛門が高八双を斜めに寝かすと間合いを詰めて突進した。

玲圓も動いた。

腰が沈み、滑るように走って脇構えの剣が車輪に回された。

剣が落ち、剣が躍った。

長身の指田の体が、

がくん

と前のめりに曲がって、そこで止まった。

玲圓は尚《なお》も滑り、指田の腹部を存分に撫《な》で斬った助真が虚空へと跳ね上がり、残心の構えで一天に止まった。

どさり

と指田精左衛門の体が崩れ落ち、道場に悲鳴が尾を引いた。

第四章　ふたり道中

一

その日、磐音が今津屋に立ち寄ると店前に駕籠が止まっており、桂川甫周国瑞が薬箱を持った若い見習い医師を従えて姿を見せた。その見送りに由蔵やおこんが出てきた。

「桂川さん、なんぞありましたか」

磐音が声をかけると国瑞が磐音を振り向いて、

「たった今噂をしていたところですよ。くしゃみは出ませんでしたか」

と笑いながら答えた。

「御城下がりの途中ふと思い立ち、今津屋のお内儀のお顔を拝見しに立ち寄りました」

「それはそれは」

「坂崎様、旦那様やお内儀様を診ていただいて何事もないと太鼓判を押されましたぞ」

由蔵が報告した。

「それはようございました」

「おこんさんを診ようと言ったのですが、私はいいと断られました」

と国瑞が笑った。おこんが、

「桂川先生に診てもらうなんて恥ずかしいもの」

と断った理由を説明した。

「その辺まで送りましょう」

と磐音が言うと国瑞が、

「坂崎さんとは久しぶりにございますな。話しながら行きますか」

と見習い医師と陸尺《ろくしゃく》らに、あとから従うよう命じた。

「桜子様との結納が近々あると、中川さんからお聞きしました」

「来春早々に執り行います」

「それは目出度い」

「近頃は桜子様に振り回されていますよ」

「それはお幸せな証《あかし》です」

「はてどうですか」

と満足げな笑みを浮かべた国瑞が、

「今津屋どのはよき女房どのを得られましたな。こちらも縁結びは坂崎さんと聞いております」

「それがし一人の力ではございませぬ」

「いえいえ、花嫁候補の姉の失踪騒ぎに妹を代役に立てるなどという荒業は、坂崎さんにしかできません。ともあれ今津屋どのはよきお内儀を娶《めと》られた。あの分なれば早い機会にお子に恵まれるやもしれませぬ」

と答えた国瑞が、

「おこんさんのことですが、しばらく奉公をよして休養をなされませんか」

と言った。

国瑞は中川淳庵の勧めでおこんの顔を診に来たようだ、と磐音も察していた。それを隠すために今津屋の後添いの顔を拝見しに来ただの、診断だのと名目をつけたのであろう。

「それほど悪うございますか」

「心の病ゆえ、重い軽いの診断は難しい。だが、おこんさん自身さえ気付かぬ虚脱感は、思いの外大きいように思えます」

「今津屋を辞めよと」

「今はその要はありますまい。また辞めると申し出たところで、今津屋の主《あるじ》夫婦がそう簡単に手放されるとも思えません。しばし江戸を離れて骨休めなさってはいかがですか」

「それが桂川先生のお診立てですか」

「いかにも。淳庵先生のお考えも似たようなものです」

「江戸を離れるとはどういうことです」

「湯治場《とうじば》などで、来し方を考えられるもよし、行く末を思われるもよし」

「おこんさんにとって治療になりますか」

「なります」

と国瑞が請け合った。

「但《ただ》しおこんさん一人を行かせてはなりません。坂崎さんが同道されて初めて湯治保養の効果は上がります」

　磐音は答えられなかった。

「坂崎さん、冗談を言っているのではありません。また脅《おど》すつもりもないが、おこんさんの気の病が重くならないうちに保養を勧めます」

「承知しました」

「上野《こうずけ》と越後境《えちござかい》の三国《みくに》峠下に、法師《ほうし》の湯という一軒宿があります。弘法大師が発見なされた古湯です。桂川家と湯守《ゆもり》の理左衛門《りざえもん》一家とは昵懇の間柄ですので、文を認《したた》めます。是非行ってください」

　と国瑞が磐音の顔を見た。

　磐音は友の忠言に大きく頷いた。


　今津屋に戻ると、帳場格子の中で帳簿を確かめていた由蔵が、

「奥で旦那様がお待ちですぞ」

　と告げた。

「ならば奥へ通ります」

　磐音はその足で今津屋の奥座敷へと向かった。すると廊下の途中からお佐紀の

笑い声が聞こえ、吉右衛門が答えていた。

「坂崎にございます」

「お待ちしておりましたぞ。先ほど御典医の桂川先生が見えられましてな、二人して恐縮しているところです」

「表にてお会いしましたので、途中まで送って参りました」

頷いた吉右衛門がお佐紀に目で合図し、

「お佐紀、坂崎様にお茶と甘いものをな」

と命じた。

座敷には七竈《ななかまど》と菊が端正に生けられていた。明らかにおこんの手になるものではない。日に日に奥座敷がお佐紀の色合いに染め替えられていく、当然のことであった。

お佐紀が、

「坂崎様、美味しい練りきりを用意してございますよ」

と台所に立っていった。

「いやはや、桂川先生の申し次ぎには、この吉右衛門仰天いたしましたよ」

「なんでございますな」

「城中にお脈を診に行かれた桂川先生に上様が、甫周、今津屋に立ち寄り、診断の上、一日も早く子ができる薬を調合し与えよ、と耳打ちなされたとか」

「ほう」

磐音も驚きながらも答えていた。

「まことにもって有難いことではございませぬか」

「それもこれも坂崎様から始まった人のつながりにて、私の再婚話も上様のお耳に達することになりました」

吉右衛門が笑みを浮かべ、話題を転じようとした。

「坂崎様、桂川先生となんぞ話されましたか」

「そのせいでしょうか。今津屋どのはよきお内儀を娶られた、あの分なれば早い機会にお子に恵まれるやもしれぬと言うておられました」

吉右衛門が照れたように微笑んだ。

「まあ、そちらはどうでもよいことですが、おこんのことをなんぞ申されませんでしたか」

「湯治場でしばらく保養するのがよろしかろうと、三国峠下の法師の湯を紹介されました」

と国瑞の診立てと考えを吉右衛門に正直に告げた。

「坂崎様、ぜひ桂川先生のお勧めに従いなされ」

吉右衛門が即答し、磐音は曖昧に頷いた。

「おこんは十五のときからうちで働きづめでございました。ここいらでしばしの休養を取るのはよいことです」

「おこんさんが承知しましょうか」

そこが難題だと磐音は思っていた。

江戸時代、お店の奉公人が病の療養に湯治場に行くなど、滅多にあるものではなかった。

「いずれは坂崎様と所帯を持つことになりましょう。だが、このまま今津屋の外に出すのはおこんのためになりませぬ。昔のおこんを取り戻し、元気になってこそ、今津屋から大手を振って離れられるというものです。坂崎様の嫁になれるというものです」

吉右衛門はおこんに自信を取り戻させ、これからの生き方を自らの意思で考えさせた上で、今津屋から身を辞すべきと言っていた。

「そのためには江戸を離れ、静かな湯治場で物事を整理する。よき考えですぞ。

さすがに桂川先生の診立てです」

「はっ、はい」

「但しおこんを説得するのは坂崎様、あなたしかおりませぬ。それも早いほうがよい」

磐音は黙って頷いた。


こんな会話を吉右衛門となした翌朝、深川の六間湯で金兵衛と会った。湯の中で四方山《よもやま》話をした後、肩を並べて、湯屋を出た。

「金兵衛どの、ちと折り入って相談がございます」

金兵衛が長湯でてかてかに光った顔を磐音に向けた。

「ならばうちにお寄りなさい」

と誘った。その語調は身内に応じるような微妙な響きがあった。

「お邪魔します」

金兵衛は長屋の木戸口に家を構えていた。東側の南六間堀から、金兵衛の狭い庭と縁側に陽が射し込んでいた。

磐音は佐々木道場の稽古を休んでいた。

刻限は昼前だ。

金兵衛が茶を淹れて磬音に差し出しながら、

「改まってなんですかえ」

と訊いた。

「おこんさんのことです」

金兵衛がはっとした様子で身構えた。

磬音は、近頃のおこんの気落ちしたような様子を説明し、中川淳庵に相談したこと、桂川国瑞らの診立ての結果や今津屋吉右衛門の考えを縷々《るる》述べた。

金兵衛はしばし答えなかった。自ら淹れた茶を喫し、

「湯治ねえ」

と呟いた。そして、また沈思した。

「坂崎さん、この前さ、おこんが突然うちに姿を見せやがった。なにか話したそうだったが、結局なにも話さずに、飯を食っただけで店に戻りました」

磬音は山城橋の袂でおこんと会った日のことだと思った。

「おこんが胸に痞《つか》えさせていた悩みとは、そのことでしょうかな」

磬音は頷いた。

「幸せな女ですねえ、おこんは」

磐音は金兵衛を見た。

「そうじゃありませんか。今津屋に仕えて九年、大店《おおだな》の奥を若い身空で自分の思うままに取り仕切ってきた。新しいお内儀が来られたら、当然奉公人の御用は変わろうというもんじゃございませんか。もうそろそろ辞め時だとお暇を出されても文句は言えねえ、それが奉公人だ。それを、将軍様のお脈を診られる御典医にお診立ていただき、湯治保養だと。それをまた主の吉右衛門様がお勧めなさる。嬉しくって涙が出まさあ」

磐音はただ金兵衛の言葉を聞いていた。

「私もねえ、この前の様子は気にしていたんだ」

と言った金兵衛がふいに磐音に訊いた。

「坂崎さん、おまえ様はどう考えなさる」

「おこんさんのためになることなら、なんでもしとうございます」

「そうしなせえ。湯治がいいというのなら、おこんの手を摑んで法師の湯とやらに道行きしなせえ」

金兵衛が即答した。

「ご相談にございます。金兵衛どのも同道なさいませぬか」

「馬鹿言っちゃいけねえや。どこの親が、娘と婿の湯治についていくものですか。坂崎さん、御典医もそう仰っておられるってことだが、おこんに元気と生き甲斐を取り戻させるのは坂崎さんにしかできねえことなんだ。親が出る幕じゃねえや」

金兵衛の伝法《でんぽう》な返事はにべもなかった。

「坂崎さん、面倒だろうが頼む、頼みます。どんなことをしてもいい、おこんのやつを元気にしてやってくだせえ」

と金兵衛が白髪頭を下げた。

翌日、宮戸川の仕事を終え、佐々木道場に向かう途中、今津屋に立ち寄り、由蔵におこんへの言伝《ことづて》を頼んだ。由蔵が頷き、

「承知しました」

とだけ返答をした。

佐々木道場はいつもの日々を取り戻していた。新たに醤油樽を利用した冥加樽が、今は道場の片隅に置かれていた。

磐音はこの日、本多鐘四郎と激しい打ち込みを行った。

火を付けたのは磬音だ。

どこか鬱々《うつうつ》としていた気分がいつもの磬音を変えていた。

鐘四郎も、

(なにくそ)

という顔で形相を一変させ、磬音の打ち込みには身を挺《てい》して弾き返すと反撃した。その反撃を磬音が受けて、さらに打ち込んだ。

半刻(一時間)、だれも手がつけられないほどの稽古であった。まるで大人の軍鶏が真剣勝負をしているような応酬だった。

「おい、坂崎、なぜかくも張り切ったな」

稽古が終わった後の井戸端で、鐘四郎がうんざりした顔で言った。

「昨日稽古を休んだ分を取り戻したのです」

磬音は激しい稽古で鬱々としたものを吹き飛ばし、清々《せいせい》した表情で答えた。

「それならば、師範のおれを相手にしなくともよかろう」

と鐘四郎がぼやくところに内儀のおえいが、

「坂崎、奥へおいでなされ」

と呼びに来た。

「ただ今すぐに」

磐音は急いで汗を流すと、稽古着から普段着に替えて奥へ通った。

玲圓は速水左近と向き合って何事か話し合っていた。

「中条流指田道場の一件じゃが、しばらく前田家預かりとなった。再興するしないは、適当な後継がおられるかどうかにかかっておろう」

と速水左近が磐音に告げた。

佐々木玲圓と坂崎磐音が指田道場を深夜訪れ、真剣勝負を仕向けたのは、幕臣速水左近が加賀藩の了解を取り付けた上でのことだった。それが指田道場の不名誉を外に洩らさぬ方法と、幕府でも前田家でも支持された。

指田精左衛門茂光は、突然の病死ということで弔いがひっそりと執り行われた。

「これからのことは前田家がお考えなされよう」

速水が言い、玲圓が頷いた。

座にしばし沈黙があった。そこへ師範の本多鐘四郎ら佐々木道場の主立った顔が姿を見せた。急に奥座敷が賑やかになった。

「そなたらに報告いたす。わが道場増改築じゃが、ようやく資金繰りの目処が立った」

玲圓の報告に座が、
わあっ
と沸いた。

「静かにいたされよ」

注意する鐘四郎の顔も綻《ほころ》んでいた。

「それも偏《ひとえ》に、ここにおられる速水様方の尽力があってのことだ」

「速水様、このとおりにございます」

と鐘四郎が速水に頭を下げ、磐音らも従った。

「そのようなことをされると、ちとこそばゆい。今津屋が資金の提供を申し出てくれたことが、こたびの増改築のなによりの後押しになった」

と速水が資金調達の裏側を洩らした。

「本多、資金の目処が立った以上、近々大工が入る。松平様の道場はどうなっておる」

「およその掃除は済ませました。あとはこちらの道具を運ぶだけです。先生、そうと決まったら、若い門弟に手助けを頼み、一気に亀山藩の道場に運び込みます」

「早速、手配をいたせ」

道場引越しの日程と手順が細かく打ち合わされた。

この結果、丹波亀山藩の道場に移るのは三日後のことと決まった。

「稽古道具の整理をしておかねばならんぞ。いくらなんでも大名家の道場にぼろ道具は運び込めまい」

「この際だ、辞めた弟子が置いていった稽古着など処分いたそうか」

「いや、使えそうならば、望みの者を募り、洗って使ってもらおう」

と侃々諤々《かんかんがくがく》と考えが述べられ、具体的な引越し作業の手順と人員が決められていった。

二

磐音が昌平橋の袂に下りたとき、すでにおこんの姿はあった。

「待たせたな。相すまぬ」

「どうしたの。こんな刻限にこんなところに呼び出すなんて」

「おこんさんに昼餉を馳走したいとふと思い付き、老分どのに言伝を頼んだ。いや、先に待っているはずが、道場引越しの打ち合わせで遅くなってしもうた」

磐音はそう言うとおこんを従え、昌平橋を渡ろうとした。

神田川に架かる昌平橋は元々相生橋《あいおい》、新橋、一口橋などと呼ばれていたが、元禄四年（一六九一）に聖堂が湯島に移った際、孔子誕生の地、魯《ろ》の昌平郷に擬して昌平橋と呼ばれるようになっていた。

武家地と武家地を結ぶ橋をおこんが行くと辺りが、
ぱあっ
と明るくなったようだ。だが、その明るさの中に翳《かげ》があるのを往来の人は気付かなかった。

磐音は、おこんを振り返る武士の目をちょっぴり誇らしげに思いながら橋を渡った。

「過日、中川さんに美味しい料理茶屋の一遊庵を教えてもろうた。それがしも入ることができるほどの気楽な茶屋でな、神田明神にお参りに来られた方が飯を食べ、酒を飲み、甘い物で一休みしていかれる場所だ」

「あら、淳庵先生がそんなお店を承知なの」

「若狭小浜藩のお屋敷は昌平橋際ゆえ、橋を渡ればすぐなのじゃ」

「怪しいわね。なにか下心がありそうだわ」

おこんが言った。

「おこんさん、そのような怪しげな店ではないぞ」

磐音が慌てて言った。

「違うわよ、そのお店のことじゃないわ。居眠り磐音の態度が気になるの。どんな魂胆があるの」

うーむ
と呻いた磐音は、

「おこんさんに是非聞き届けてもらいたいことがある」

「やっぱり」

と答えたおこんが足を止め、なによ、と磐音を睨んだ。

二人は昌平坂に向かう神田川左岸の土手道に立っていた。視線の先に聖堂の塀と甍《いらか》が見えた。

「神田明神の境内で話そう」

磐音はおこんを聖堂裏の神田明神に誘い、まず本殿でお参りした。

「江戸の総鎮守の明神様の前よ、正直に話しなさい」

「おこんさん、それがしと旅をしてくれぬか」

「なによ、藪《やぶ》から棒に！」

　と叫んだおこんが、

「まさか豊後関前じゃないでしょうね」

　と問い返した。

「違う、そうではない。法師の湯に参りたいのだ」

　おこんが目を丸くして磐音を見た。

「冗談ではなさそうね。御用の旅なの」

　磐音は首を振った。

「正直に話す、怒らずに聞いてもらいたい」

「おかしな坂崎さんね、話してみて」

「そなたの身を案じてのことだ」

「私の身を案じてって、どういうこと」

「このところ、今津屋では日光社参の御用からお艶どのの三回忌、今津屋どのとお佐紀どのの祝言と多忙を極めた。それを見事に切り盛りしたのはおこんさん、そなただ。それがし、感服しておる」

「私ひとりが働いたんじゃないわ。老分の由蔵さんをはじめ……」

「分かっておる」

遮るように言い放った磬音をおこんが睨んだ。

「この話、旦那様も承知のことなの。私に今津屋を辞めてくれということなの」

「早とちりをいたすでない。今津屋どのは、そなたに今津屋を辞めてもらうときはそれなりの花道をと考えておられる。なにより今、そなたに辞めてもらうのは困るとも言うておられる。そなたは今津屋に欠かせぬ奉公人であることに変わりはないのだ」

「だったらなによ」

「これまでそなたが、心ここにあらずといった表情を見せることなどなかった。だが、このところ、そなたはふと我を忘れたように呆然としていることがある」

おこんの顔に、
はっ！

と驚きとも不安ともつかぬ感情が奔《はし》った。

「緊張の時を長く続けてきた反動で集中心が途切れるのであろうと、中川さんも桂川さんも言うておられる」

「桂川先生はこんの様子を診にいらしたの」

磐音が頷いた。

「人はたれも目標を失い、道に迷うこともある。これまで張り切って奉公してきたものに価値を見出せないときもある」

「私がそうだというの」

おこんの両目が磐音を睨んだ。先ほどの不安は怒りに取って変わっていた。

「おこんさん、しばらく江戸を離れて静かな湯治場で過ごし、これからのことを二人で考えぬか。そなたは十五の歳から働きづめに働いてきたのだ。この辺で体と心を休めることも大事なことだ」

「私はまだ若いわ、それに疲れてなんかいない」

「そなたは若い。だが、鬱々とした気持ちがあれば、それが早晩そなたの心身を蝕《むしば》むことになる。それがしはそれを心配している。そなたにはいつまでも元気でいてほしい、明るいおこんさんであってほしいのだ」

磐音の悲痛な叫びに、おこんが拳《こぶし》を固めて磐音の胸を叩いた。

磐音はそれをそのまま受け止めた。

「私はそんな弱虫じゃないわ！」

おこんは両手で磐音の胸を叩き続けた。

「そなたはたれよりも強く、賢い。だが、強い者ほど迷妄《めいもう》に落ちたときは脆《もろ》いものだ。自分ひとりで悩んでほんものの病などになってほしくないのだ。今までどおりの今小町おこんさんに立ち戻るために旅をし、湯に浸かって心身の洗濯をなすのだ。頼む」

おこんが拳に入れた力は弱くなっていた。

泣き崩れそうになったおこんは磐音の胸に顔を埋めた。

「おこんさん、それがしにはそなたしかおらぬ。掛け替えのないそなたに病などで倒れてほしくはない」

おこんは磐音の胸に縋りついて声を殺して泣いた。

「私は気の病なの」

「違う。だが、このまま見て見ぬ振りをしておれば、ほんとうの気の病に取り付かれるやも知れぬと、中川さんも桂川さんも案じておられる」

磐音の胸に縋っていた顔をおこんは上げた。

涙が頰《ほお》に滲《にじ》んでいた。

磐音は手拭いの端でそっと拭《ぬぐ》った。

「もう一度お参りさせて」

磐音とおこんは並んで再び拝殿の前に立ち、拝礼した。長い長い拝礼が終わったとき、おこんが磐音に言った。

「このことを旦那様はご承知なの」

「承知だ。おこんさんが元気になることならば早々に湯治に行ってよいとのお許しを得ておる。それに、それに……」

「それに、なに」

「金兵衛どのをお誘いしたら、どこの親が娘と婿の湯治保養についていくものかと断られた」

「まあ、お父っつぁんがそんなことを」

「おこんを頼むとも申された」

「お腹《なか》が空《す》いたわ。連れていって、淳庵先生行きつけの料理茶屋に」

「よし、参ろうか」

神田明神の石段を下りた二人は一遊庵の店前に立った。すると女中のおかちが、

「あら、今日はまた綺麗なお客様をお連れになって」

と迎えた。

「本日はたれよりも大事な女《ひと》を連れて参った。酒と美味しいものを見繕《みつくろ》ってくれ

きたことがある」

「冥加金集めの樽が盗まれた騒ぎの最中に、佐々木道場の若い門弟たちを連れて

「坂崎さんはだれをお連れしたの」

とおかちが二人を小座敷に案内してくれた。

「はいはい、承知しましたよ」

ぬか」

「汗臭い門弟衆には不釣合いなお店よ」

「利次郎どのも辰平どのも、美味しい美味しいと感激していたぞ」

「それはそうでしょう。棒切れをたっぷり振り回した後のことでしょうからね」

「そういうことだ」

お酒がまず出てきた。

お通しは赤貝と小葱《こねぎ》のぬただった。

磐音がまずおこんの盃《さかずき》を満たした。おこんが代わって磐音の燗《かん》徳利を取った。

「昼間から二人でお酒を飲むなんて初めてね」

「よろしゅうにな」

おこんは両手を盃に添えてゆっくりと三口で飲んだ。そして、盃を置くと磐音

に、

「ありがとう」

と言った。

「どうしたな、急に」

「私の身をこれほどまでに心配してくれる人がいたなんて」

「当たり前ではないか」

おこんの頰が一杯の酒でほんのりと桜色に染まった。

「旦那様をはじめ、これほど多くの人が私のことを案じてくれていたなんて、考えもしなかった。旅慣れない私の供をして湯治なんて、坂崎さんは退屈じゃないの」

「なんで退屈なものか」

おこんが磐音を正視して、

「皆様のお勧めに従います」

「よかった」

と磐音の顔に喜色が走った。

「いつ出立《しゅったつ》するの」

「善は急げと申すが、道場の引越しを終えてのことにいたしたい。三日ほど待ってくれぬか」

「えっ、そんなに急なことなの」

「そなたは仕度などなにも考えずともよい。通行手形などは、老分どのの知恵を借りてすべてそれがしが用意いたす」

「第一、法師の湯ってどこにあるの」

「中山道で高崎宿までおよそ二十六里、そこから越後の寺泊湊《てらどまりみなと》に抜ける三国街道が走っておる。二十六里と十六里、合わせて四十二里の道中だ」

おこんが呆然とした。

「私、一番遠くの道中が、お艶様に従っての大山《おおやま》参りよ。そんな遠くまで旅したことがないわ」

「案ずるな、それがしが一緒じゃ。おこんさんの足に合わせてな、ゆっくり参る。時に駕籠を使うてもよい。なあに五、六日もあれば着こう」

「湯に行くのに五、六日もかけるの」

深川育ちのおこんには考えられない道中だった。

「旅に出れば気分も変わる、心も晴れやかになる」

と磐音が答えたところに、小鰭《こはだ》の造りなどが綺麗に器に盛り付けられた膳が運ばれてきた。

その日、磐音は宮戸川の仕事を休み、前夜から佐々木道場に泊まった。そしてその翌朝から、荷造りをしておいた道具類を、神保小路から雉子橋通小川町の丹波亀山藩の松平家の道場へと運び込んだ。

佐々木道場の増改築は来春までかかることになり、四月《よつき》余りの引越しである。大勢の門弟たちが引越しに関わったので、意外にも早く終わった。

本多鐘四郎が指揮して道場内外の掃除を丁寧にしたため、本来立派な造りの道場に武道の神様の魂が蘇《よみがえ》ったようで清々しくもあった。

道場主の佐々木玲圓も到着し、一同は見所の神棚に榊《さかき》とお神酒《みき》と塩を供えて、道場を借り受けての稽古の無事を祈願した。

「これより松平様道場にての初めての稽古をなす」

佐々木道場の面々が打ち込み稽古に入ろうとしたとき、亀山藩の家臣たち二十数人が稽古着で姿を見せた。

「佐々木先生、わが家臣有志が、一緒に稽古をさせていただきたいと申しております。ご指導を願いたい」

用人の日下草右衛門が玲圓に申し込んだ。

「日下どの、われら、こちらの道場の店子《たなこ》にござる。大家どのになんの遠慮が要りましょう」

と合同の稽古を受け入れた。

百人近い門弟と家臣が打ち込み稽古をする光景は、亀山藩道場に久しく見られなかったことで、なんと稽古の最中に、江戸家老を従えた当主の松平佐渡守《さどのかみ》信直も姿を見せ、玲圓の挨拶を受けた後、見所から稽古を見物することになった。

「やめ！」

玲圓の意を受けた鐘四郎が稽古を止めた。すでに百数十人を超えた門弟衆と家臣が、ほぼ半数に分かれて左右の壁際に退《ひ》いた。

鐘四郎が見所側から数えさせ、互いが同数になるように調整した。

「本日より、亀山藩の御道場を借用させていただくことと相成った。そこで記念の、全員の勝ち抜き戦を行うこととする。それがしは人数の足りぬ東方に加わる」

鐘四郎の声に道場内が、
わあっ！

と沸いた。

「見所より遠き者より順といたす。東方、西方出られよ」

東方の一番手は偶然にも痩せ軍鶏の松平辰平で、西方は亀山家の家臣猪狩《いかり》又兵衛《またべえ》という中年の御番衆であった。

見所下にいた玲圓が、

「勝負は一本、それがしの審判に従うていただく」

と両者を道場の中央に呼んだ。

先陣を切ることになった辰平は張り切った。いや、張り切りすぎて、老練な御番衆の術中に嵌ったように面を取りに行ったところを、小手に返されて敗北した。

「おおっ、猪狩、やりおるな」

見所の信直が、勝ち抜き戦の始まる直前に顔を見せた速水左近に笑いかけた。

「さすが松平様のご家臣にございますな」

猪狩はその後二人の佐々木道場の門弟を破り、四人目で住み込み弟子の今戸《いまど》永助《ながすけ》に退けられた。

その後、一進一退の勝負が続いた。

圧巻は西方十一番手に出てきた磐音の戦いぶりであった。

相手はでぶ軍鶏の重富利次郎だ。

利次郎の電撃の胴打ちを弾いた磐音の竹刀が小手を撃ち、利次郎はしなるような打撃に思わず竹刀を落としていた。

磐音は次々に出てくる相手を変幻自在の、多彩な技で退け続けた。

「速水どの、この者は」

と信直が訊いた。

「佐々木道場で居眠り剣法と異名を持つ者でしてな、佐々木玲圓どのもこの坂崎磐音にはほとほと手を焼くと洩らされるほどの遣い手にございますぞ」

「構えを見ればたれにでも打ち込めそうじゃがな」

「そこが居眠り剣法の極意でしてな。まあ、この分なれば東方は坂崎の前に屈しましょうかな」

と速水が弟弟子を自慢した。

信直は亀山藩の剣術指南、柳生新陰流《やぎゅうしんかげ》の達人細川玄五右衛門《ほそかわげんごえもん》が東方に控えていることを確かめ、

「そう簡単にはいきますまい」

と洩らした。

磐音は七人を打ち破り、細川と対戦した。

老練な剣客細川は、すでに七人を倒した相手に連続打ちの速攻を仕掛けた。小手から胴、胴から面と、間断のない速攻が磐音を襲う。

「おうおう」

と感心しつつ家臣の攻撃を見ていた信直は、ふと気付いた。

「あの者、微動だにしておらぬではないか」

「気付かれましたか。攻撃を仕掛けておる者はご当家のご家臣、なれど坂崎は巨壁の如く下がりもせずに受け流しております。攻撃の隙を見て、反撃が胴か面を襲いましょうな」

速水の言葉が終わらぬうちに、細川の竹刀を軽く弾いた磐音の竹刀が、

かーん！

と乾いた音を上げて、細川の面金《めんがね》を打ち、細川は、

がくん

と腰を沈ませてその場にへたり込んだ。

「な、なんということか」

佐渡守信直の驚きは最後の本多鐘四郎との激闘まで続き、磐音の胴打ちで勝ち抜き戦の勝敗が決した。

亀山藩の稽古帰り、磬音は御典医桂川国瑞の駒井小路の屋敷を訪ねて、江戸米沢町今津屋奉公人おこんが上野国法師の湯に湯治療養に行くという書き付けを貰った。

江戸期、女の道中には厳しい制約があった。そこで磬音は、道中手形の他に御典医桂川国瑞の書き付けを用意したのだ。

「坂崎さん、湯治保養をなすのはおこんさんばかりではありませんよ。坂崎さんも日頃の多忙の骨休めを存分になさってください」

と国瑞の忠告を磬音は畏まって聞いた。

磬音はその足で南町奉行所の年番方《ねんばんかた》与《よ》力《りき》笹塚《ささづか》孫一《まごいち》のもとへと向かった。

三

磬音が最初に、

「刺すような視線」

を感じたのは、戸田の渡し場へと下る土手道であった。おこんに気付かれないように辺りを窺ったが、怪しい人物は見当たらなかった。

旅立ちの日、板橋宿まで中川淳庵と桂川国瑞が見送りに来た。

今津屋でも荷物持ちに小僧を付けるとか、由蔵自らが見送りに出るとかいろいろと策を練ったが、おこんが頑として断った。

奉公人が湯治に行くのさえ不都合なのに、荷物持ちや見送りを受けたのでは他の奉公人に示しがつかない、そうなれば私は湯治など行きませんと強く拒んだからだ。

そこで磐音とおこんの二人だけが、習わしどおりの七つ（午前四時）発《だ》ちで米沢町から神田川を上がり、昌平橋から神田明神下の中山道へ出ようとすると、昌平橋の袂に淳庵と国瑞の二人が待ち受けており、

「ご両人、板橋宿まで見送らせてください」

と同道してきた。

さすがのおこんも、磐音の友にして天下に名高き蘭方医、さらには『解体新書《ターヘル・アナトミア》』の翻訳者の見送りを拒むわけにはいかなかった。

四人で板橋宿まで向かい、中宿と上宿の間を流れる石神井川《しやくじい》の流れを見下ろす茶屋で別れの酒を酌み交わした。

「よいですか、おこんさん。人間、時になにもかも忘れて休むことが肝要です。おこんさんは今がそのとき、贅沢《ぜいたく》などと考えてはなりません。江戸に戻る戻らぬの判断は坂崎さんに任されよ」

と国瑞が医師として命じた。

「はい」

その朝のおこんは言葉少なく素直に返事した。

「それにな、行けば分かりますが、法師の湯の湯守一家は人柄のよき人たちです。そなた方も身内として受け入れてくれましょう。気兼ねなく、何事も遠慮をしてはなりませぬぞ」

と将軍家の御典医は、すでに文で二人の湯治は知らせてあると付け加えた。

ここでもおこんは素直に頭を下げた。

年上の淳庵はただ黙って国瑞の忠告に聞き入り頷いていた。

おこんは、二人の医師がこれほどまでに気遣いしてくれるのは磐音との交友があるからだと思いながらも、どこか恥ずかしさと後ろめたさを感じていた。

両家の親が認めた仲とはいえ、祝言も挙げぬ男女が湯治場に行こうとしているのだ。だが、淳庵も国瑞もそのことには一切触れず、病人としておこんを見送ろうとしていた。

「おこんさん、旅に出ればすべてが変わる。水が替わるゆえ気を付けよなどとさかしら顔に言う者もいるが、そこがまた楽しい。歩いてな、腹を空かせ、土地の物を精々食べたり飲んだりしなされよ」

淳庵が最後に言葉をかけて、おこんが腰を折って礼を述べた。

板橋宿で二人は見送りの友と別れ、戸田の渡し場へと向かった。

旅慣れた磐音は古びた道中羽織に野袴《のばかま》、腰に包平《かねひら》と脇差、背に道中嚢《どうちゅうのう》とおこんの持ち物を包んだ風呂敷包みを負い、菅笠《すげがさ》を被っていた。

おこんは手甲脚絆《てっこうきゃはん》に足袋草鞋《たびわらじ》、頭は姉さん被りに、杖《つえ》をついていた。背には小さな包みを一つ。

刻限は六つ半（午前七時）の頃合い、すでに宿場に薄く漂う靄《もや》に朝の光が当たっていた。

「おこんさん、大丈夫か」

「大丈夫って、なにが」

「口数が少ないので、どこぞ悪いのかと思うてな」

「いくらなんでも、いつものように応対ができるものですか」

「なぜだな」

磐音のほうは屈託がない。

「私は祝言も挙げていない女なのよ。それが坂崎さんのお供で道中をしようというのだから硬くなるのは当然よ」

「それはお二人も承知だ。なにより中川さんも桂川さんもお医師ゆえ、患者であるそなたは二人の言葉に黙って従うしかあるまい」

どこか頓珍漢《とんちんかん》な返答をした。

「私は病人じゃありませんからね」

おこんがいつもの調子に戻ったように言った。

「いつものおこんさんに戻ったぞ」

渡し場への坂を下るとき、磐音は刺すような視線を感じた。

（おや、この目は）

だが、おこんにはこのことを告げなかった。

磐音は湯治場行きが決まったとき、おこんに気を遣わせない楽しい道中にしようと心に決めていた。

心に懸念があるおこんに、新たな不安や気がかりなど一切かけず、心の休まる旅にせねばならぬと自らに言い聞かせていた。それが快く湯治に送り出してくれた人々に応えることだと承知していた。

（危難が二人に降りかかるとしたら、おこんには知らせずに取り除く）

と、改めて磐音は決心した。

乗り合い客を積んだ渡し舟が板橋側の河原を離れた。

客は土地の百姓衆や商人《あきんど》、旅の者が五、六人とほぼ同数だ。武士の姿はなく二人連れの渡世人がいた。だが、その二人に見覚えもなく、なにより二人は煙管《きせる》を吸い合いながら、なにか話に夢中になっていた。木太刀《きだち》を携帯しているところを見ると、親分の代わりにどこかの神社仏閣に代参に行く道中と思えた。

「とうとう江戸の地を離れたわ」

おこんの声に不安が漂っていた。

「中川さんが言われたように、旅に出れば、気候も人情も変わる。それを楽しんでこそ旅の醍醐味《だいごみ》じゃ」

「私は江戸の北へなんて行ったことないのよ」

「それがしが付いておる。万事、大船に乗った気でお任せあれ」

「ははあーって答えたいけど、やっぱり心細いわ」

「よいか、おこんさん。旅は最初が肝心じゃぞ。足が痛いと思えば遠慮なく言うてくれ。駕籠を雇うでな。そこを我慢すると後に響く」

おこんが頷いた。

磐音は渡し舟の舳先《へさき》が船着場に当たったとき、何気ない様子で河原を見回したが、二人を気にかけている人影は見られなかった。

(気の迷いであったか)

戸田の渡し場には馬が旅人を待ち受けていたが、おこんは足慣らしに歩くと磐音に言った。

磐音は行く手の空を確かめた。

陰暦九月の末、北へと向かう旅だ。木枯らしはまだ江戸に吹いてはいなかった。雪になることが旅慣れないおこんには一番案じられるが、すっきりと澄み渡った空は雪を想像させないほど穏やかだった。

江戸の方角を振り向くと、富士の高嶺《たかね》が戸田川の向こうに聳えていた。

「おこんさん、富士山じゃぞ」

「あら、こんなところからも富士山が見えるの」

富士は秩父《ちちぶ》の山並みや丹沢《たんざわ》山系を従えて堂々たる姿を見せていた。

「やっぱり江戸とは風の匂いも違うわ」

中山道一の宿の板橋から蕨《わらび》宿まで二里八丁（八・九キロ）、渡し舟を待ったにしては四つ（午前十時）に到着していた。

「おこんさん、しばらく宿場で休んで参ろうか」

「ようやく足が慣れたところよ、このまま進みましょうよ」

「ならば浦和宿までゆっくり参り、昼餉を摂《と》ろうか」

「足はなんともないわよ」

磐音はそれでも歩みをおこんに合わせて、蕨宿から浦和宿一里十四丁（五・五キロ）を進んだ。

「少し早いが昼餉にいたそう」

伝馬《てんま》問屋権兵衛の左に稲荷《いなり》社があって、

「名物権兵衛うどん」

の幟《のぼり》がはためいていた。

「おこんさん、饂飩《うどん》でよいか」

「私はいいけど坂崎さんは足りるの」

「昼は饂飩くらいで済ますのがよいのだ」

甘く煮た油揚げの匂いが宿場じゅうに美味しそうに漂っていた。

二人は陽の当たる縁台に荷物を下ろし、おこんはうどん屋の裏手の厠《かわや》に行った。

磐音は菅笠を二人の荷の上に載せながら辺りに気を配ったが、板橋宿から戸田の渡しに向かう道中に感じた、刺すような視線は見当たらなかった。

（やはり気の迷いであったか）

おこんが戻ってくるのを待って磐音が厠に行った。裏手には疎水が流れ、手足を洗うように、流れの傍に石が敷いてあった。

用を足した磐音は手を洗い、ついで顔の埃も洗い流してさっぱりした。

立ち上がった拍子に懐の重い巾着《きんちゃく》が動いた。

吉右衛門が磐音を呼んで湯治代として二十五両を渡し、

「長くなるようであれば文をくだされ、すぐに為替《かわせ》で送らせますでな」

と言った。

「今津屋どの、それがし、こたびの路銀は用意してございます」

「うちの奉公人のおこんの湯治保養です。それに後見の坂崎様が従われるとなると、当然今津屋の費用《かかり》ですぞ」

と持たせてくれたものだ。

磐音が用意した十両と合わせれば三十五両の金子が懐にあった。とはいえ、それを狙った者が投げかけた視線とも思えなかった。

おこんは縁台に座り、宿場を往来する人々を眺めていた。縁台には、煙草《たばこ》の火種の役もする手あぶりが置かれてあった。

「今日はどこまで行くの」

「この浦和宿を出ると一里十丁（五キロ）で四の宿大宮、五の宿の上尾《あげお》まではさらに二里（七・九キロ）ある。本日は無理をいたさず大宮泊まりがよかろう」

「大丈夫、上尾宿まで行きましょうよ」

江戸の旅人はおよそ一日十里を目処に道中した、女連れでも七、八里は当たり前の道程だった。大勢の家臣団を抱えた大名行列でさえ十里平均で路程を稼いだ。日本橋から大宮宿までは七里弱（二十八キロ）、上尾で九里弱（三十六キロ）である。

「無理はせず足に相談しながら参ろうか」

名物の権兵衛うどんは腰のつよい太麵《ふとめん》だった。それに鰹節《かつおぶし》の風味がきいた出汁で、煮含めた油揚げが添えられ、青葱が散らされていた。

「あら、美味しそうなこと」

二人は出汁まで啜って満足した。

磐音がうどん代を支払い、縁台に戻ると、おこんが草鞋の紐《ひも》を結び直していた。

「待て待て、おこんさん。それがしが結ぼう」

「駄目よ。お武家様が人前で女子《おなご》の草鞋の紐を結ぶなんて」

「そんな紐の結び具合ではすぐに擦れて、肉刺《まめ》が生じる因《もと》となる。ほれ、こちらに紐を」

磐音は手際よく紐を結びながら、おこんの足の具合を調べた。だが、肉刺などできているふうはない。

「よし、参ろうか」

再び荷を負った二人は街道に出た。

「大宮宿には武蔵《むさし》国一宮氷川《ひかわ》神社がある。お参りしていこうか」

急ぐ旅ではない。それより初日からおこんに無理をさせたくなかった。道草を楽しみながら行き、大宮泊まりでも構わぬと磐音は考えたからだ。

「街道沿いにあるの」

「石柱が中山道に面してある」

とはいうものの、表を通ったことがあるだけで社殿に入ったことはない。

「旅の安全をお参りして行きましょうか」

おこんもその気になったようだ。

浦和から一里十丁、大宮氷川神社の社殿に二人が立ったとき、まだ時刻は九つ半（午後一時）の頃合いであった。

〈神領森然として並樹の松原一鳥居まで十八丁……〉

街道口の石柱から一の鳥居まで半里（二キロ）と奥が深く、松並木を半里行き、氷川神社の主神、素戔嗚命《すさのおのみこと》、奇稲田姫命《くしなだひめのみこと》、大己貴命《おおなむちのみこと》の祀《まつ》られた拝殿で参拝をして、再び街道口に戻ったとき、すでに八つ半（午後三時）を過ぎていた。

「おこんさん、旅の初日にしては上々の滑り出しじゃ。無理をせず大宮宿に泊まろうか」

おこんが硬い顔で、それでも頷いた。

大宮宿は本陣一軒、脇本陣九軒、旅籠《はたご》も大中小と二十五、六軒があり、中山道でも最も賑やかな宿場の一つであった。

磐音は大宮宿一の旅籠、大宮屋甚之丞方の門口に立った。

番頭がすぐに姿を見せて、

「お泊まりにございますか」

と声をかけてきた。

「世話になりたい。部屋は狭くても構わぬ、二つ用意してくれぬか」

「二つでございますか」

「いかにもさよう」

番頭は武家と町娘の二人連れに興味を示したが、

「二階の隣部屋がございますので案内《あない》申します」

と手を叩き、濯《すす》ぎ水を用意するよう奥へ声をかけた。

部屋は街道を見下ろす二階座敷で、六畳に三畳の続き部屋、襖で仕切られたものだった。

「おこんさん、この部屋でよいか」

「私は構わないわ」

奥の部屋におこんの荷を置き、磐音は三畳間に陣取ろうとした。するとおこんが、

「坂崎さん、それじゃ困るわ。身分違いなんだから、私がこちらを使わせてもらいます」

「構わぬ、おこんさん」

案内してきた女中が困惑の顔を見せた。

「でも」

「こたびの道中はおこんさんが主どのゆえ、これでよいのだ。女中どの」

と磐音はさっさと三畳に自らの荷を入れた。

「ただ今、宿帳を持って参ります」

と女中が首を傾げながら階下へ下りた。すぐに番頭が宿帳を持参してきた。

「決まりごとでございますれば、宿帳を願います」

宿では武家と町娘の二人連れに訝しいものを感じたか、即座の対応であった。

「それがしが書こう」

磐音は、

江戸米沢町両替商今津屋奥向き奉公人こん

同後見坂崎磐音

と記した。

番頭に宿帳を返すと、それを読んだ番頭が、

「今津屋様と申されますと、両替屋行司の今津屋様にございますか」

「いかにもさようじゃが、番頭どのはご存じか」

「それはもう街道で商いをいたす者が、江戸の今津屋様を知らぬでは済まされま

せぬ。先の日光社参に大きなお力を発揮なされたところにございましょう」

と答えた番頭が、六畳間のおこんをちらりと見ながら、

「本日は御用旅にございますか」

「いや、大きな行事が続いたでな、主どのがおこんさんに湯治保養を許された。それがしは供にござる。平たく言えば用心棒じゃ」

「なんとまあ」

屈託のない磐音の返答に番頭が呆れ顔で、

「お客様、夕餉前に湯を使ってくださいませ」

と六畳間のおこんに声をかけたついでに磐音にも訊いた。

「お供の方は夕餉の膳に酒をお付けしますか」

「いや、道中は遠慮いたす」

「律儀《りちぎ》なことにございますな」

と番頭が宿帳と一緒に階下に下りていった。

「坂崎さん、困るわ。なんだか、私が偉そうじゃないの」

「それで万事うまくいくのだ、気にすることはない。それより、湯に入られよ。日頃使わぬ筋肉の強張《こわば》りを湯で揉みほぐしてくるがよい」

「殿方より先に入れるものですか」

「旅籠では遠慮しておると湯を落とされる。ささっ、おこんさん、湯に入られよ」

とおこんを湯殿にやった。だが、おこんは早々に湯から上がってきた。

「早いな」

「他の人と一緒なんてのんびりできないわ」

「それがしは平気じゃが」

磐音は手拭いを下げて立ち上がった。

湯から上がると、夕餉の膳がおこんの部屋に向かい合わせに並べてあった。

「いいの、お酒もいただかないで」

「法師の湯に参ったら土地の酒を楽しむ。その代わり道中は禁酒にござる」

旅籠の膳だ、味噌《みそ》漬けの鮭《さけ》の焼物と野菜の煮付けで、格別な料理ではない、
早々に夕餉を終えた。

旅は早寝早起きが決まりだ。早々に床が敷かれた。

「ごゆっくりとお休みくださいまし」

と女衆《おんなし》が姿を消した。一旦自分の部屋に下がった磐音の声がした。

「おこんさん、そちらに参ってよいか」

「は、はい、なにか忘れ物なの」

「そうではない」

おこんさん、寝床にうつ伏せに寝てくれぬか」

「なにをするの」

おこんが訝しい表情を見せた。

「足を揉み解《ほぐ》しておこう。旅は最初の二日三日が肝心でな、ここで足を痛めると後が大変じゃ」

「まあっ」

と驚きの顔に変えたおこんが、

「殿方に足など揉ませられないわ」

「それがしを按摩《あんま》とでも思えばよい。ささっ、うつ伏せに寝られよ。失礼いたす」

「いやよ。できないわ」

「まあ、それがしを信じて任せるがよい」

「そんなこと……」

と拒むおこんをうつ伏せに寝かせ、その体に夜具をかけて足だけを出すと、

「力を抜くのじゃ。それでよい」

と白い片足を膝に乗せると優しく揉み始めた。しばらく無言で体を硬くしていたおこんが、

「こ、こんは罰があたります」

と涙ぐむ声がしたが、磐音は聞こえない振りをして按摩に没頭した。半刻（一時間）も過ぎたか、おこんは泣きながら眠りに就いたようだ。旅の初日に緊張を強いられて気疲れしていたのだろう。

磐音はそれからも揉み続け、足を夜具に入れてそっと部屋を出た。

眠ったはずのおこんが胸の中《うち》で、

（磐音様、ありがとう）

と呟いたことに磐音は気付かなかった。

四

道中二日目、およそ九里（三十五キロ）を歩き通して熊谷《くまがい》宿泊まり、三日目に

は十里を歩いて高崎宿に宿泊した。

旅慣れないおこんが磐音に迷惑をかけまいと必死で従う姿に、磐音は時に馬や駕籠に乗せて足の疲れを取らせ、気分を変えさせた。また、就寝前の揉み療治は欠かさなかった。

「坂崎さん、旅に出てすっかり元気になったようよ」

とおこんは初めて見る風景や食べ物に興味を示し、道中で見た神社仏閣に手を合わせ、野地蔵の前で頭《こうべ》を垂れた。

そんな行動がだんだんと自然になり、江戸にいたとき靄がかかっていたような顔も、昔ながらのおこんに戻ったようで明るくなった。

「よいよい」

磐音とおこんが到着した高崎藩は松平家に代わり、右京大夫《うきょうだいぶ》輝高《てるたか》の治世下にあった。

天正《てんしょう》十八年（一五九〇）、豊臣秀吉から関八州を許され、江戸に入った徳川家康は、北関東の押さえとして上州の拠点箕輪《みのわ》に腹心の井伊直政を封じた。

直政は和田から信濃《しなの》に通じる中山道と越後への三国街道の分岐に新たに城を築き、高崎宿を設けた。

その後、井伊家は近江佐和山《おうみさわやま》に転じ、高崎には譜代《ふだい》の酒井氏、安藤氏が入った。高崎城を完成させ、城下を整備したのは安藤氏だ。

安藤家では全国から刀鍛冶《かたなかじ》や職人衆を呼び寄せて技の向上を図り、職人町を形成させた。この地方名産の絹を扱う商家、紺屋《こうや》が増えて、この界隈の商いの中心となった。

「お江戸を見たけりゃ高崎田町《たまち》」

と城下の田町では絹・太物《ふともの》市がしばしば催され、高崎絹の商いで殷賑《いんしん》を極めることになった。

この高崎、磐音の馴染みの城下町だ。

奈緒の売られていった各所の遊郭を追い、金沢に滞在したことがあった。だが、訪ねた先に奈緒の姿はなく、路銀も尽きて北国《ほっこく》街道から中山道と苦しい旅を強いられた。その折り、路銀を得るために高崎に十日余り滞在し、町道場で師範代を務めたことがあった。

「今日もよう歩かれたな」

磐音は宿場に入ったところでおこんを褒めた。

「だって、なにを食べても美味しいし、なにもかも珍しいわ」

「それは溜まりに溜まった疲れが取れていく兆しじゃ」

江戸を離れ、旅に出たおこんは、ひたすら歩くという無心の行為に専念しようとした。それが却《かえ》っておこんの心身を再生していくように磐音には見えた。

磐音はおこんが思った以上に歩けることに感心もし、安堵もしていた。

（この分ならば湯治もよき効果を与えよう）

と思いつつ、もう一つの懸念に注意した。だが、少なくとも中山道の分岐点、高崎宿到着まではなんの異変も感じられなかった。板橋宿から戸田の渡しへと下りる道で感じた、

「刺すような視線」

は、やはり磐音の気の迷いであったか。

これで心配ごとがなくなったと、四日目の道中、高崎宿を番頭らに見送られて七つ半（午前五時）に出立した。

磐音にとっても初めての三国街道だった。

旅籠を出るのがいつもより遅れたのは、おこんを休ませようと半刻ほど遅く起こしたせいだ。

夜半、磐音は気候の異変を感じ取っていた。

そこで赤城颪《あかぎおろし》が旅籠の外を吹き始めたのを感じ、少しでも気温が上がってからの出立と考えたのだ。

「あら、いつもより明るいわ」

と高崎宿の通りを歩き出したおこんがくぐもった声で言う。

おこんは姉さん被りを留め、口にしっかりと手拭いを巻いて、その上に真新しい菅笠を被り、顎の下で紐を結んでいた。

通りを上州名物の空っ風が吹き抜けて、土埃を巻き上げていた。

「おこんさん、これがかかあ天下と空っ風の本場の赤城颪だぞ」

「わあっ、目を開けていられないわ」

「宿場を抜けると風も和らごう」

宿場は両側を家並みで遮《さえぎ》られ、その間を赤城颪が吹き抜けて、北へ旅する人々を苦しめた。

烏《からす》川を自然の要害として築城された高崎城の天守を見ながら、二人は三国街道へと入っていった。

街道の北側に赤城《あかぎ》山、西側には奇岩の妙義《みょうぎ》山、榛名《はるな》山の山並みが聳え、利根《とね》川が悠々と流れていた。

「なんだか街道の風景が昨日までと変わったようね」

城下町を出て、風も和らいでいた。

「京に向かう中山道と別れ、高崎城下と越後の寺泊を結ぶ三国街道の脇往還に入ったからな。まずは二里半先の金古《かねこ》宿を目指すことになる」

磐音はおこんに説明しながら、再び、

「刺すような視線」

を感じ取っていた。

二人の前後を二組の旅人が、同じく金古宿へと向かって進んでいた。前方には旅の商人《あきんど》風の二人連れの主従、後方からは三人の渡世人がぶらぶらと従ってきた。

上州はまた渡世人が多い地として知られていた。

三国街道を渡世人が歩いていてもなんの不思議もなかった。だが、古びた三度笠に半合羽《はんがっぱ》の旅仕度の旅人にしては、足の運びが遅かった。

なんぞ魂胆があるのか。

磐音はおこんにそのことを告げることなく、あれこれと道端の風景を説明しながら進んだ。

金古宿を通過したのは五つ（午前八時）過ぎだ。

上野田《かみのだ》、水沢寺《みずさわ》と榛名山の山裾を巻くような街道を進み、伊香保《いかほ》の湯に着いたのが四つ（午前十時）の頃合いだ。

「伊香保の湯ってここのことなの」

「それがしも初めてだ」

伊香保の湯は垂仁《すいにん》天皇の御世に湧出《ゆうしゅつ》したと伝えられる古い湯町だ。

「伊香保に参られたか。ご新造《しんぞ》さん、当地は子宝の湯じゃぞ。三日も逗留すりゃあ、やや子が授かるぞ」

と女衆が二人に呼びかけたが、おこんは顔を赤らめ、磐音が、

「われら、旅の者でな、先を急ぐ」

と断りながら湯煙の伊香保を通過した。

磐音はいつしか、前を行く商人風の二人連れも後ろから来る渡世人らの姿も消えているのに気付いた。

伊香保を訪れたのであろうか。だが、あの、

「刺すような視線」

はなんだったのか。

この日、渋川《しぶかわ》宿まで足を延ばして昼餉を摂った。高崎宿からおよそ四里半（十

八キロ）を歩いたことになる。

「今晩はどこへ泊まるの」

「そうじゃな」

道中嚢から『五街道図会』を出した磐音は、

「この先、金井宿《かないじゅく》までが二十八丁か。さらに北牧宿《きたもく》に半里の間に杢《もく》ヶ橋《ばし》の関所がある。まあ、本日は関所を抜けた北牧宿かな」

とおこんに図会を指して道程を告げた。

「関所を抜けるのは大変なんでしょう」

おこんがそのことを心配した。

「俗に、入り鉄砲に出女と申すからな。おこんさんは町娘だが連れが武士だ。厳しく調べられるやもしれぬが、身許《みもと》がはっきりしておるゆえ案じずともよい」

杢ヶ橋関所は吾妻《あがつま》川の渡し場を控えて通行改めをする関所だ。中山道の碓氷《うすい》関所と並び、厳しい改めで知られていた。

おこんと磐音が金井宿を通過して杢ヶ橋関所に差しかかったのは、八つ（午後二時）のことだ。

磐音は伊香保で姿を見失っていた商人風の主従を関所で見かけた。

主は老人で手代風の男を連れ、関所を出た二人を浪人が待ち受けていた。

磐音とおこんの番が来た。

幕府は関吏に幾度か、関所改めの令を発した。これは寛永《かんえい》二年（一六二五）のものである。
一、往還の輩、番所前にて笠・頭巾を脱がせ相通すべき事。
一、乗物にて通る者、乗物の戸を開かせ相通すべし、女乗物は女に見せ通すべき事。
一、公家・門跡・大名衆、前簾《まえかど》より其沙汰これあり候はば改めるに及ぶべからず。但し不審の事あらば格別たるべき事。
おこんと磐音は規則に従い、笠を脱ぎ、手拭いを取っていた。

「どちらに参られるな」

おこんの美貌《びぼう》に言葉を失っていた関所役人が慌てて訊いた。

「療養のために法師の湯に参るところにござる」

「手形を持参しておろうな」

「いかにも」

磐音は、用意していた江戸町奉行所発行の手形をまず差し出した。そこには南

町奉行牧野大隅守成賢《まきのおおすみのかみせいげん》の名で、

「江戸両替屋行司今津屋奉公人こん、江戸より上野国猿ヶ京《さるきょう》村法師ノ湯まで湯治療養の為、差遣し候。杢ヶ橋御関所罷《まかり》通り候御手形下されたく候……」

とあった。

普通は町役人、名主、五人組、町年寄が連署して町奉行所の承認を求める形式だが、おこんのそれは笹塚孫一の計らいで町奉行の直筆である。

磐音のそれは豊後関前藩が出した手形だ。

「なに、療養とな」

役人がじろじろとおこんを見て、

「元気そうではないか」

「気の病にござる」

磐音はもう一通、御典医桂川甫周国瑞の書き付けを差し出した。役人の視線が桂川甫周の肩書きを見て、

「なにっ、上様の御典医どの直々のお診立て書をお持ちか。噂には聞いたが、江戸町奉行直筆といい、今津屋の奉公人ともなるとなかなかの威勢じゃのう」

と答え、

「習わしにより女改めいたす」

とおこんを関所の奥へと引っ立てた。そこには門番中間《ちゆうげん》の女房どもが控え、

「御髪切にござい」

とおこんの頭髪を解く振りをした。

おこんは磐音に教えられていたとおりに、女改めの懐に一朱を投げ入れた。

磐音が関所の外で待っているとおこんはすぐに出てきた。

「なにもされなかったけど気味が悪いわ」

「あの者たちもあれが御用じゃ。大名家にお仕えのお女中でも衣服を脱がされることもあるというで、まずはよかった」

関所を出た二人はすぐに吾妻川の渡し場に差しかかった。渡し舟には商人風の主従と浪人の三人の姿があった。

磐音とおこんを乗せた舟はすぐに流れへと出た。

「明日は中山峠越えが待っておる。明後日の昼前に法師の湯に着こう」

「江戸からいくつも泊まりを重ねてきたわね」

「おこんさん、よう歩いた」

「坂崎さんのお蔭です」

おこんの顔が紅潮して綻んだ。

「なにほどのことがあろう」

吾妻川の右岸から左岸に渡った二人は、おこんの草鞋の紐を締め直すのにしばらく河原に止まった。

その間に旅人たちは先を急いで渡し場から姿を消した。

二人は北牧宿へと最後の行程を歩き出した。

昼過ぎから曇っていた空は、さらに黒い雲を幾重にも重ねて光を塞いだ。そのせいで急に気温が下がり、辺りは夕暮れのように暗くなった。ちらちらと雪片も舞ってきた。

「雪が本降りにならぬうちに旅籠を探そう」

吾妻川沿いの街道から人影が消えていた。

磐音は後ろを見た。

伊香保宿で消えていた三人の渡世人がいた。前方を見ると浪人連れの主従がいた。

磐音とおこんは前後を挟まれたことになる。

磐音の様子に気付いたおこんが前後を見て、

「どうしたの」

と訊いた。

「どうやらこちらに関心があるようだ」

「追い剝《は》ぎなの」

「江戸から何日も見え隠れに尾行する追い剝ぎもあるまい」

「江戸から尾《つ》けてきたというの」

「姿を見せたのは高崎城下を出た辺りからだがな。気配は板橋宿からあった」

「まあっ」

おこんが驚きの声を上げたが不安の様子はなかった。

磐音はおこんを背に回すと、

「なんぞ御用かのう」

とのんびりと問いかけた。

「さすがはお武家様だ。驚いた様子もございませぬな」

と商人風の年寄りが言った。

一文字の塗笠の下につるんとした、白い顔があった。紺縦縞《こんたてじま》の唐桟《とうざん》の羽織の下の煙草入れも凝った印伝《いんでん》だった。

「そなたを見かけたのは板橋宿が最初であったと思うたが」

磐音は鎌《かま》をかけた。

ふっふふふっ
と老人が笑った。

「さすがでございますな」

暗に認めた。

「そなたら、わが懐の金子が目当てとも思えぬ」

「仕事にございましてな」

「仕事とは」

「人を殺《あや》める仕事にございますよ」

平然と答えた。

「たれぞに頼まれたか」

「いかにもさようにございます、坂崎様」

老人は顎を振った。

渡世人と浪人が無言で磐音の前に詰め寄った。

磐音も包平の鯉口《こいぐち》を切った。

「おこんさん、腰を落としてな、両目を瞑《つむ》っているのだ。なあに、すぐ済む」

「申されましたな」

商人の主風の男が応じた。手下《てか》は無言を通している。

渡世人の一人が長脇差を抜くと構えた。それがきっかけで仲間二人と浪人がそれぞれの得物《えもの》を抜いた。

修羅場《しゅらば》を潜《くぐ》ってきた喧嘩《けんか》殺法だ、甘くみると大怪我《おおけが》をする。

磐音は包平をゆっくり抜くと峰に返した。

一行の長《おさ》の商人が、
おや
という顔を見せた。

磐音は、最初に長脇差を抜いた左端の渡世人を目で牽制《けんせい》した。

次の瞬間、右手から別の仲間が突っ込んでくるのを感じた。だが、磐音は視線を送ることなく目で牽制した左手へ腰を沈めて飛んでいた。

慌てた渡世人が長脇差を片手殴りに磐音の面へと叩きつけてきた。

包平の峰に返された刃は流れるように躍った。

包平が光となって相手の胴を抜いていた。

ばしり

としなやかな打撃に、

うっ

と呻いた相手が横手に吹き飛んだ。

磐音はさらに横手に、浪人が剣を八双に構える前に突進していた。

浪人は磐音の動きを予測したように斬り下ろしてきた。

磐音は虚空に流れた包平に頼らなかった。

相手の内懐に低い姿勢で飛び込むと、肩で相手の胸を突き飛ばしていた。

予測もかけない動きに浪人の体が飛ばされ、尻餅《しりもち》をついた。

一瞬の早業だ。

残る二人が磐音の前方を塞いだ。

磐音は包平を峰から刃に返した。

「ご老人、もはや遊びはやめじゃ」

長脇差を構えた渡世人の顔に脂汗が浮かんだ。

「待て」

と老人が手下二人に声をかけた。その片手はいつしか懐に入れられていた。

「坂崎様、ちと甘く見ましたよ。両替商今津屋の用心棒と聞いたが、只者ではございませぬな」

「ご老人、名乗られよ」

「殺し請負丹下屋笠左衛門《たんげやりゅうざえもん》と申します。曰《いわ》くがございましてな、この数年江戸を離れておりました。江戸の事情にちと疎うございました」

と失敗の原因を自らこう分析して答えた。

「それがしの名は承知のようだな」

「剣の遣い手とは聞かされておりましたが、とんだ見当違いをいたしました。流儀を教えてくだされ」

「神保小路直心影流佐々木道場の門弟である」

「玲圓先生の門下に居眠り剣法とかいう剣の遣い手がおられると旅の空で聞きましたが、まさかその仁の命を縮める御用を請け負うとは、考えもしませんでしたよ」

「互いに手の内は明かした。丹下屋笠左衛門とやら、諦《あきら》めてくれような」

「手付けを受け取った以上、最後まで付け狙うのが仁義にございます。趣向を変えてまたお目にかかることになろうかと思います。行き先は法師の湯でございましたな」

と念を押した。

「笠左衛門、次なるときは峰には返さぬ」

「どちらかが斃《たお》れることになるのは覚悟の前です。御免なすって」

笠左衛門は片手を懐に突っ込んだまま踵《きびす》を返すと、独り吾妻川の方角へとさっさと戻っていった。

「おこんさん、参ろうか」

磐音もおこんを伴い、北牧宿へと向かった。半丁も進んだところで、下げていた包平を鞘に納めるために立ち止まった。振り向くと、丹下屋笠左衛門一味の姿は消え、雪がひらひらと街道の薄闇に舞っていた。

第五章　法師の湯

一

翌日、磐音とおこんは北牧宿の旅籠《はたご》を七つ（午前四時）発《だ》ちして中山峠にかかった。夕刻までちらついていた雪片は消えていたが、さすがに越後国境近くになり、寒さが増した。

おこんは道行衣の下に、用意してきた綿入れの袖無《そでな》しを一枚重ねた。

菅笠の下の顔も手拭いで覆った。

磐音は持参していた小田原提灯に灯を点しておこんの足元を照らしながら、峠に差しかかった。

中山峠を経て中山宿まで、三里三十丁（十五キロ）の長丁場の山道だ。

殺し請負丹下屋笠左衛門らが陣容を整え直して襲いくるとしたら、絶好の場所である。だが、昨日の今日、それはあるまいと磐音は思っていた。久しぶりに江戸に戻った連中が請け負った務め、それも江戸を遠く離れた上州路のことだ。昨日、姿を見せた五人が手勢のすべてと思えた、江戸から仲間をすぐに呼べるとも思えなかった。

それに笠左衛門は、磐音とおこんが法師の湯に行くことを承知していた。ならばなにかあるにしても湯治場滞在中のことだろうと思った。

「おこんさん、この中山峠は塩原屋《しおばらや》太助《たすけ》どの縁《ゆかり》の峠だそうな」

磐音は旅籠の番頭から仕入れた話を披露した。

「薪炭商《しんたん》を起こされ、一代で分限者《ぶげんしゃ》になられた塩原屋太助様のことね」

「その太助どのだ」

塩原屋太助は上州の新治《にいはる》村から江戸に出て成功した人物だ。その立身出世譚《たん》は歌舞伎や浪曲に取り入れられ、江戸でもその名は知られていた。

「太助どのが中山峠を越えて江戸に出られたとき、峠は一面の萱原《かやはら》で休むところもなかったそうな。そこで江戸で出世なされた後、中山峠に番屋を置いて、旅人に湯茶の接待をなされているそうだ」

「その茶屋が、私たちを迎えてくれるのね」

「そういうことだ」

おこんは峠の登り口に見つけた役行者《えんのぎょうじゃ》の石像に手を合わせて、峠越えの無事を祈った。

「足は大丈夫か」

立ち上がったおこんに磐音は訊いた。

「肉刺《まめ》の治療を早め早めにやってもらってるお蔭でなんともないわ」

「明日には法師の湯だ。今少しの踏ん張りだぞ」

「はい」

おこんは道中を無事続けることに夢中で、いつしか体力も気力も回復し、同時に磐音の前で新しい表情を見せ始めていた。

旅に慣れてみると、磐音との二人旅ということに改めて気付かされた。両家の親も今津屋も認めた仲とはいえ、男と二人だけの旅など江戸時代、考えられないことだった。

磐音は磐音で、おこんをなんとしても法師の湯まで導こうと無心に務めていた。旅籠に着く度におこんの疲れた足を揉み解《ほぐ》し、肉刺の治療をしていた。

その光景を見た旅籠の女中衆が、

「あんれまあ、ご新造《しんぞ》さんの旦那どのは優しいのう」

と感心するほどだ。

夫婦と間違われる度におこんは顔を赤らめ、

「私どもはまだ夫婦《めおと》ではありません」

と小声で言い訳したが、旅籠の女中たちは、

「ご新造さん、照れねえでいいだよ」

と取り合ってくれなかった。

おこんは旅を重ねるにつれて、そんな女中衆の言葉にも慣れて聞き流すようになっていた。それだけ道中に馴染んだということであろう。

峠の登り道の中ほどで磐音は提灯を消し、道中嚢に戻した。

磐音が杖を突くおこんの背を押しながら峠の頂に辿りついたとき、陽射しはすでに高かった。

「あれだな、塩原屋太助どのの茶屋は」

磐音とおこんが茶屋に立ち寄ると老爺《ろうや》が、

「よう来られたな」

と迎えてくれて、渋茶で接待してくれた。

「ご老人、その草餅《くさもち》と黄粉《きなこ》餅をいただけぬか」

「峠の名物でな、疲れも吹っ飛びますぞ」

熱い茶で餅を食べた二人は元気を取り戻し、再び路上の人になった。

「おこんさん、峠道は下りが危ないゆえ、しっかりと杖を突いて足元に気をつけられよ」

「あら、下りのほうが楽そうよ」

「下り坂では足を乗せる間合いがつい狂う。人間、上から見下ろすことは滅多にないゆえな。それに石が浮いていたりして、思わぬところで足首を捻る」

磐音は杖を突くおこんの片手をとり、ゆっくりと坂道を下った。

昼過ぎ、中山宿に辿りついた。

三国街道の中山宿は本宿と新田宿に分かれており、越後領大名の参勤交代が通過したから、二つの宿のそれぞれに長屋門を持つ本陣、脇本陣があった。

二人は本宿で見つけた飯屋で酒粕《さけかす》仕立ての饂飩《うどん》を食して英気を養った。

「昨日の連中、姿を見せないわねえ」

口にはしなかったが、おこんも気にしていたらしい。

「口ではああ言うたが、江戸から離れた地での仕事だ。そう易々と助っ人が見付かるとも思えぬ。あまり気にせぬことだ」

「だれがあの連中を雇ったのかしら」

「それじゃ。なんども考えたが思い付かぬ」

磐音の正直な気持ちだが、江戸で浪々の暮らしを始めて五年、生計《たつき》のために戦ったことは数知れず、恨みを残した人物が磐音を狙っていても不思議ではなかった。

「あの者たち、われらが行く湯治先まで承知しておった。それが奇妙といえば奇妙であるし、訝しい」

「泊まりを重ねた旅籠で番頭さんや女中さんに訊かれて、上州の法師の湯ですと洩らしたこともあったわ。坂崎さんを狙った連中ですもの、旅籠を調べることくらいするわよ」

「そうじゃな」

と答えた磐音は、

「怪しげな連中の行動を気に病んでも無駄だ。さて、そろそろ参ろうか」

二人は饂飩と茶代を十分に支払い、女衆《おんなし》に見送られて二里先の塚原宿《つかはら》へと向かった。

この界隈は月夜野《つきよの》と称し、戦国時代には小田原の北条氏と信州の真田《さなだ》一族が角《かく》逐《ちく》した場でもあった。

中山宿を出て数丁も歩いた路傍に休んでいた女巡礼が、

「お侍様、三国峠を越えられるのか」

と声をかけてきた。

「峠は越えぬが、峠の途中までは参る」

「連れを亡くして女の独り旅で越後長岡に戻るだ。すまねえが、途中まで一緒させてもらえねえか」

磐音はおこんを振り返って、

「どうだな」

「私は構わないわ」

「ならば同道いたそうか」

「助かったよ」

ぼろぼろの菅笠を被った顔は意外と若いように見受けられた。女が独りで道中するには、いろいろな難儀や危険が付きまとう。そのためにわざと顔を汚して年寄りに見せかけたりするのは、女旅の知恵であった。

女の白衣《びゃくえ》も背中の笈《おい》も風雪に傷《いた》み、汚れていた。笈には破れ傘と菰《こも》が巻かれて括《くく》り付けられていた。

「越後がそなたの在所かな」

「そんだ、長岡だ」

「ならば街道はよく承知じゃな」

「爺《じい》様に手を引かれ、長岡を出たのがかれこれ十数年前。道筋が変わってなけりゃ三国峠も一度は通ったことがあるだ」

「十数年も巡礼の旅を続けられたか。ご苦労であったな」

女が磐音の言葉に笑った。すると白い歯が覗いた。

「そなたの名はなんと申されるな」

「おい、おすがだよ」

「われらは江戸から湯治に参る坂崎磐音とおこんさんじゃ」

「あんれ、二人は夫婦ではねえだか」

磐音がおこんをさん付けで呼んだのを聞きとがめたおすがが訊いた。

「まだ夫婦ではない。互いの親は承知の仲だが」

「若い身空で湯治とは、いい身分でねえか」

「おこんさんが奉公するお店でいろいろと行事が続いたでな、主《あるじ》どのに保養を許されたのだ。それがしは付き添いじゃ」

「そんだら話は聞いたこともねえ。主どのはなかなかできたお方だな」

「さよう、できた人物じゃ」

新たに同行者が加わり、話を聞きながら進むおこんは、いつしか足の疲れも忘れていた。

「お侍は浪人さんか」

「主持ちでは付き添いは叶わぬな」

「なんにしてもいい身分だ」

塚原宿までの二里があっという間に過ぎた。

「おすがどの、われら、塚原宿の旅籠に泊まるが、そなたはどうなさるな」

「巡礼が旅籠に泊まる贅沢ができるものか。流れ宿《ぐ》を探すさ。それが見付からなきゃ寺の軒下を借り受けるだよ」

おすがは平然と答えた。おこんが磐音に同宿を言いかけたが、磐音は、

「ならば明朝、街道の出口にて再会いたそうか」

と取り合わなかった。

「そう願うべえ」

おすがもそれが当たり前という顔で、二人とは塚原宿の伝馬問屋の前で別れた。

「巡礼にご報謝というわ。一夜の旅籠代くらいお支払いしてもよかったんじゃないかしら」

「おこんさん、ただの巡礼と思われるか」

「えっ、違うの」

「昨日の今日だ。丹下屋笠左衛門の一味とも限らぬ」

「そうかな。だってあの連中、五人なんでしょう」

「それがしが最初見かけたとき、浪人はいなかった。浪人が笠左衛門主従に加わったのは、杢ヶ橋の関所の後のことだ。おすがどのが、分かれて道中をする一味でないとは言い切れぬでな、ここは用心に越したことはない」

「そうかしら」

と遠のくおすがの背をおこんは見送った。

翌朝、塚原宿の街道口に巡礼おすがの姿があった。

「よう眠れたかねえ」

「われらは休んだが、おすがどのは屋根の下に泊まれたかな」

「河原に流れ宿を見つけたよ、囲炉裏《いろり》端でぐっすり体を休めただ」

「それはよかった」

おこんがほっとした声を上げた。

須川《すかわ》宿まで二里十五丁（十キロ）を歩き終える頃はもはや夜も明け、朝靄が漂う街道の畑作地では冬仕度に勤《いそ》しむ百姓衆の姿が見られた。

「おすがさん、長岡に戻ったらお身内が待っておられるのですか」

とおこんが訊いた。

「おっ母さんが残っておるだがよ、生きておるか死んでおるか」

「十数年前に長岡を出て以来、文も出してないの」

「爺様が生きておった頃に何度か文は出したがよ。おらは字も書けねえし、読めねえだ。それによ、あっちこっちとほっつき歩く巡礼だ、国許から文など届くわけねえよ」

「おすがさんは強いのねえ。こっちはわずか五、六日の道中に音を上げているわ」

「強いか弱いか知らねえがよ、あっという間の十数年だったのう」

少し刻限は早いが、相俣《あいまた》宿で昼餉を摂ることにした。

磐音とおこんがおすがを誘い、街道筋の一膳《いちぜん》飯屋で塩鮭《しおざけ》の焼物、山菜の煮付けを菜《おかず》に麦飯を食べた。

飯代を払う時分になって、おすがは巾着を出そうとしたが、

「おすがどの、われらが誘うたのだ。巡礼どのに払わされるものか」

と磐音が三人分を払った。

相俣から永井《ながい》宿までの一里半の間に猿ヶ京関所が待ち受けていた。渡世人の多い上州路の関所だ。槍五筋《すじ》、鉄砲十挺《ちょう》を備えた重関所である。

街道筋に、

「此先猿ヶ京関所」

という高札《こうさつ》を見たおすがが、

「関所をおまえ様方と一緒に抜けるのは、迷惑をかけねえとも限らねえ。すまねえが、おらはここで失礼するべえ」

とおすがは街道から、

ふわっ

と姿を消した。

「巡礼が関所を恐れるとは」

磐音が呟き、おこんが、

「おすがさんはやっぱり丹下屋の一味なの」

「一味とは言い切れぬが、ただの女鼠《ねずみ》ではあるまい。おこんさんには字も書けぬ読めぬと答えておったが、猿ヶ京関所の高札は読んだし、昼飯代を支払おうとした。巡礼はそのようなことを気にはしまい」

「あら、そうなの」

おこんにとって二度目の関所通過だが、ここでも南町奉行の直筆と御典医桂川甫周の肩書きと名は絶大で、威力を発揮した。

「法師の湯に湯治に参られるか。法師の一軒宿の主にな、猿ヶ京関所の篠崎《しのざき》八兵《やへ》衛《え》がよろしゅう言うていたと言伝《ことづて》してくれぬか」

と言伝まで託された。

関所を抜けたが、おすがの姿はとうとう見えなかった。

三国峠への登り口に差しかかり、猿ヶ京温泉を通過してようやく、

「此方法師ノ湯」

という木札を見つけた。

街道から谷へ下る道にはうっすらと雪が積もっていた。

「おこんさん、足元にはくれぐれも気を付けられよ」

「江戸からはるばる歩いてきて、湯を前に足を痛めたんじゃ洒落《しゃれ》にもならないわ」

　とおこんが軽口を叩いた。

「何度も申すが、おこんさん、よう歩き通されたな」

「坂崎さんのお蔭よ」

「それがし、馬や駕籠の世話になりっ放しになるのではと考えておった。さすがはおこんさんじゃ」

「ありがとう」

　磐音はうっすらと冬の気配を漂わす法師の湯への山道を、おこんの手の温もりを感じながら下っていった。

「峠の上はもはや越後の国だ」

「越後は雪深いと聞いたわ」

「冬には一丈を超える雪が降るそうな」

「坂崎さん、江戸に帰るときは、どうするの」

「こちらはさほど積雪もあるまい。雪が降り積もっておるなら、土地の杣人《そまびと》を道案内に頼もう」

「そうね」

と答えたおこんが、

「どれほど逗留することになるの」

「湯治はな、一まわりを七日と考え、それを三度繰り返すと、心身の重い疲れも抜けると申す」

「三七、二十一日の長湯治なんて考えたこともなかったわ」

「それがしと一緒では退屈かな」

磐音の言葉に、握られていた手をおこんが、
ぎゅっ
と握り返し、

「退屈かどうか分かりません」

と恥ずかしそうに答えた。

山道が急に暗くなっていく。

天から冷たい時雨《しぐれ》が落ちてきた。いつしかそれが風花《かざはな》のような雪に変わった。

冬の兆しだった。

磐音が背に負った提灯を出すかどうか迷ったとき、枯れた樹幹の向こうに、法師川両岸にまたがって点在する湯治宿が見えた。

「おこんさん、法師の湯じゃぞ」

「着いたのね」

「着いた」

二人は紅椿《べにつばき》がうっすらと綿帽子を被って咲く山道にしばらく立ち止まり、灯りを眺めていた。

谷間に湯煙がうっすらと立ち昇って、二人の心に遥かな旅の後に得た旅情を感じさせた。寂しいような哀しいような気持ちにおこんはなった。

おこんは宿から足元の紅椿に目を移した。北国の雪中に咲く可憐《かれん》な花だ。

夕闇《ゆうやみ》に紅椿の紅だけがほんのりと浮かんでいた。

「江戸からはるばると来たものね」

「いかにも」

「信じられないわ」

「よう、歩いたな」

磐音はおこんの手を引くと谷の灯りに向かって、風花の舞う山道を下っていった。

二

上野、越後、信濃三国の国境三国峠下にひっそりとある法師の湯、理左衛門方の玄関先に立ったとき、雪は降りやんでいた。戸を押し開いた二人を土間から白犬が、

おうおう

と尻尾《しっぽ》を振って出迎えてくれた。そうやって客の到着を知らせるのか、奥から足音がして絣木綿《かすりもめん》に襷《たすき》をした女が姿を見せ、磐音とおこんを見ると、

「江戸からのお客様ですね」

と声をかけてきた。

「桂川甫周先生の紹介で参った坂崎磐音とおこんどのにござる」

「よう参られました。雪が本降りになるまえでようございました。ささっ、中に入り、体を温めてくださいな」

土間に入ると湯治客ら七、八人が、黒ずんだ大黒柱の立つ板の間の囲炉裏を囲んでいた。湯に入ってから談笑しているせいか、あるいは囲炉裏の火のせいか、

どの顔もてらてらと輝いていた。

女が奥に声をかけると初老の男が出てきた。当代の主理左衛門だろう。

「坂崎様、おこんさん、遠路はるばるよく山中の湯宿においでくだされました」

「主どのか、造作をかけ申す」

おこんが菅笠を脱ぎ、顔に巻いていた手拭いをとった。

その瞬間、囲炉裏端に嘆声が上がった。おこんの美貌に驚いた様子で、しばし見惚《みと》れていた湯治客たちが、土地の訛《なま》りで何事か言い合った。

理左衛門はおこんの顔になにか得心したように頷いていたが、

「坂崎様、おこんさん、挨拶は後ほどということにして、嫁に座敷に案内《あない》させます。なにはともあれ湯に入り、体を温めなされぬか」

と言った。

「お義父《とっ》つぁん、それがいいわ」

と嫁も口を添えた。

「そうさせていただこう」

草鞋《わらじ》や脚絆《きゃはん》を解いた磐音とおこんは長い廊下を通り、川のせせらぎの音が響く部屋へと案内された。二畳ほどの広さの板の間に八畳の畳敷きの座敷だった。

「湯はほれ、流れのそばにございます。長逗留の方々はもはや入られました。湯だけは滾々《こんこん》と湧《わ》き出ておりますよ」

と障子戸を開いて、川の流れに立つ湯屋を教えてくれた。

「どうするな」

磐音がおこんに話しかけるとおこんは、

「坂崎さん、先に入って」

と様子を見に行くように頼んだ。

「よかろう。ならば、それがしがお先に頂戴いたす」

おこんが磐音の着替えと手拭いを荷から出して渡した。

「江戸の方はどうしても、最初は大勢で入るのを躊躇《ためら》われます。ですが、湯治の醍醐味は、お国訛りでわいわいがやがやと、老若男女が一緒に入るのが一番ですよ」

と嫁が笑った。

磐音は廊下に出ると、水音に誘われて湯屋に行った。脱衣場は男女別々にあったが、湯は混浴だ。湯屋に通じる出入口は二つあった。

木造りの大きな湯船がいくつも並び、隅のほうなど湯煙で見えなかった。湯船と湯船の間は板通路が走っていた。

外には、川の流れの傍にも川底に湯が湧く露天があった。

三国峠から流れてくる法師川の対岸には、長逗留の客のための長屋が見えた。

その板屋根にうっすらと雪が積もっていた。

磐音は冷え切った体を湯屋の湯に浸けた。透明な湯が肌を刺したが、そのうち優しく体を包み込んで芯《しん》から温めてくれた。

「極楽極楽」

と呟く声に呼応するように湯音が響いた。

いくつも並んだ湯船の木枕に頭を乗せて寝ていたらしい老人が、

「今着かれたか」

と訊いた。

「はい」

「江戸からかな」

と問う老人は、隠居した武家のようだ。

「申されるとおり、江戸より参った坂崎磐音にございます」

「それがしは、前橋城下からじゃ。六所正兵衛《りくしょしょうべえ》と申す」

「酒井様のご家中にございましたか」

譜代前橋藩は厩橋藩ともいい、慶長年間（一五九六～一六一五）から酒井家が就封《しゅうほう》し、石高《こくだか》は十五万石であった。

　前橋領地は利根川の両岸に点在していた。この三国峠は前橋藩領ではないが、なにかと結びつきは深かった。

「いかにも前橋藩で蔵奉行を務めておったが、去年倅《せがれ》に代を譲っての楽隠居の身じゃ。こたびは十数日前より老妻と逗留しておる」

「それがし、江戸深川で裏長屋に住まいする浪々の身にございます」

　ほう、と答えた六所老人が訝しそうな顔をした。

「浪々の身で湯治とは、おかしゅうございましょうな。それがし、お店《たな》奉公の女《にょ》性《しょう》の付き添いにございます」

「付き添いにござったか。それにしても、お店奉公の女衆を湯治に出されるとは大店《おおだな》でござろうな」

　六所老人は長逗留で退屈していたか、いろいろと訊いてきた。

「おこんさんは、両替商今津屋の奥向きの仕事をしております」

「先の日光社参に大きな力を見せられた今津屋なれば得心のいく話かな。両替商六百軒の筆頭であったな」

「六所様は江戸勤番を勤められたようですね」

「いかにも、都合十六年にわたり江戸屋敷に奉公した。今津屋も存じておる」

「さようでしたか。先妻の三回忌の法要を終えた後、小田原から後添いが入られました。そこで、一段落ついた機会に骨休めの湯治保養が許されたのでございますよ」

「湯治客は近郊近在の百姓ばかりでな、話し相手がおらんで少々退屈しておったところじゃ。昵懇に願おう」

「こちらこそお願い申します」

六所老人は湯船から上がり、湯船と湯船の間に通された狭い板敷きを通って脱衣場に姿を消した。

広い湯を磐音が独占していた。

行灯《あんどん》の灯りを映した湯が、江戸から旅をしてきた磐音の心を温かくしてくれた。川のせせらぎがなんとも耳に心地よく響き、道中で出会《でくわ》した殺し請負丹下屋笠左衛門一味のことなど忘れた。

五体からすうっと疲れが抜けていく。

（そうじゃ、今ならおこんも湯に入れよう）

と思い立った磐音は急いで湯船から上がった。脱衣場にはもう六所老人の姿はなかった。

部屋に戻るとおこんが荷の整理をしていた。

「おこんさん、広い湯屋でな、たれも入ってはおらぬ。今ならば独り気兼ねなく入れよう」

「寝る前に入るわ。それよりも、夕餉の仕度ができたとおいねさんが呼びに来られたわ」

「おいねさんとは嫁女のことかな」

「お子が二人おられるそうよ」

女同士、すでに語り合ったようだ。

「それがしは前橋藩家臣であった方と知り合うた。退屈されているようで、話し相手ができたと喜んでおられた。今津屋も承知の方であったわ」

「それはよかったわね」

おこんは旅の装束を脱ぎ捨て、江戸小紋の綿入れ小袖に着替えていた。山中の湯治宿に江戸が引っ越してきたようで艶《あで》やかだった。

「食事は囲炉裏端で摂るそうよ」

磐音とおこんは先ほどの玄関先に戻った。

湯治客の大半は対岸の長屋で自炊をするようで、囲炉裏端には二人の膳の他に、もう一組の膳が用意されているばかりだ。

囲炉裏には竹串に差された岩魚《いわな》が塩焼きされていた。酒の入った竹筒も立てられ、火に炙《あぶ》られた青竹から竹汁が滲《し》み出て、辺りにほのかに酒の香を漂わせていた。

おいねが鍋《なべ》を運んできた。

「猪《しし》鍋にございます。体がぽかぽかと温まりますよ」

とおこんに言うと、

「先ほどはおこん様から過分な心付けを頂戴しまして有難うございます」

と磐音に挨拶した。

「なんの」

と曖昧に答えたところに理左衛門も姿を見せた。

「桂川様ばかりか今津屋の老分番頭由蔵様からも、くれぐれもよろしくとの早飛脚が届いております」

「なにっ、老分どのからもか」

「うちの後見は酒が好物ゆえ、夕餉には美味しい地酒を用意してくだされと申し付けられましたでな、沼田の造り酒屋から銘酒を取り寄せてございます」

と磐音とおこんにまず盃を持たせ、灰に差した竹筒を取ると、

「お試しくだされ」

と差し出した。

「頂戴いたす」

青竹で温められた酒は芳醇《ほうじゅん》な香に竹の精を加えて、長旅をしてきた二人の五臓《ごぞう》六腑《ろっぷ》に穏やかに染み渡っていった。

「美味しゅうございます」

おこんが笑みを浮かべた。

「由蔵様が、おこんさんは江戸で浮世絵にもなった美形と書いてこられましたが、いやはやうちの囲炉裏端が急に華やかになったようでございますよ」

「理左衛門様、老分さんの戯れにございます。どうか真に受けないでくださいな」

おこんが顔を赤らめた。

「なんの、由蔵様の文よりもこの目がそのことを確かめましたよ」

と理左衛門が言い、

「おこんさん、うちの湯でのんびりなされば、江戸での気疲れなんぞはすぐにも吹き飛びますよ」

と空になった磐音の盃を満たした。

夕餉の後、就寝前におこんは湯に入ることにした。

「それがしが番をいたすゆえ、安心して入るがよい」

磐音は湯治が初めてのおこんに湯屋まで従い、広い湯船をまず確かめた。刻限も刻限、さしも広い湯屋にはだれもいなかった。

「ここにおるでな、なんぞあれば声をかけられよ」

と磐音は脱衣場の外に出た。

「すみません」

おこんが磐音の献身に詫びた。

「ゆっくりと、体を温めるのじゃぞ」

おこんが湯屋に入った様子に、磐音は脱衣場の外で座した。北国の寒さが、酒で温まった磐音の体を冷ましていった。どれほど時が流れたか、おこんの声が響いた。

磐音はかたわらの包平を摑むと湯屋に走り込んだ。

「御免」

と言いながら湯屋を覗いたが、おこんの姿はなかった。行灯の灯りに湯煙ばかりがあった。露天へ出る戸が開いていた。

磐音の背筋を戦慄《せんりつ》が走った。

（おこんは外か）

磐音は湯屋の濡《ぬ》れた板通路を走り、外に出た。

雪が法師川の流れの上で激しく舞い躍っていた。

おこんは白い背を見せて、湯の中に立っていた。法師の谷に舞う雪を放心したように見つめているのか。

磐音は幻のような裸身から目を逸《そ》らして訊いた。

「おこんさん、大丈夫か」

「山椿の紅が雪に映えて綺麗なこと」

とおこんは振り向きもせずに呟いた。

おこんは、白い雪の乱舞にうっすらと紅色を浮かび上がらせた山椿を見ていたのだ。

磐音は、

ふーうっ
と息を吐いた。

その気配におこんが忘我から醒《さ》めて、

「なんてことを」

と恥ずかしそうに、静かに裸身を湯に没させた。

「ごめんなさい、驚かせて」

おこんが顔だけを磐音に向けた。

「何事もなくよかった」

引き下がろうとする磐音におこんが言った。

「私はもう上がるわ。坂崎さん、湯に浸かって。体が冷えたでしょう」

「そうしよう」

磐音は脱衣場の外へと下がった。

おこんが湯から上がった後、磐音は気を鎮めるように衣服を脱ぎ、湯に入った。

おこんのいた露天に行ってみた。

夜空から降り落ちる雪は、谷川に吹き付ける風のせいで複雑な舞を見せていた。

おこんが忘我として眺めていた山椿を見た。

寒さに健気に咲く椿は凛《りん》とした艶《つや》を湛《たた》え、艶やかに紅色を浮かび上がらせていた。

磐音は、雪が舞う湯に立っていたおこんの姿と重ね合わせ、ゆっくりと湯に身を沈めた。

磐音は四《し》半刻《はんとき》(三十分)ほど法師の湯に浸かり、芯から温めた。

部屋に戻ると八畳はひっそりとしていた。

「おこんさん、もう休まれたか」

「いえ」

と小さな声が答えた。

「それがしはこちらに寝るゆえ、安心して休まれよ」

という磐音の言葉におこんの答えはなかった。

「足を揉み解しておこうか。それとも休まれるか」

おこんはなにも答えない。

部屋の外では霏々《ひひ》と降る雪の気配が伝わってきた。

「雪が一段と激しくなった。紅椿が雪に埋もれていくな」

しばらく間をおいておこんが、

「坂崎さん」

と呼ぶ声がした。

「布団を取りに入らせてもらうが、よいか」

それを拒む返事はなかった。

磐音は失礼いたすと言いながら障子を開き、立ち竦んだ。

有明《ありあけ》行灯の灯りに、おこんが夜具の上に端座する姿が浮かんでいた。白縮緬《しろちりめん》を着たおこんはうっすらと寝化粧をして、唇に紅を差していた。

磐音は雪の舞う中に咲く山椿を脳裏に思い描いた。

「磐音様、こんを法師の湯までお連れいただき、有難うございました」

「なに、さようなことか。われらの間に礼など要らぬ」

「なぜですか」

なぜと問い返され、言葉に窮した磐音は、

「そなたとそれがしはいずれ夫婦になる身だ」

と答えていた。

おこんが静かに頷いた。

磐音は、おこんが座す夜具の隣に敷かれた布団に手をかけた。

「磬音様は豊後関前藩国家老のご嫡男。こんは深川六間堀の町娘です。身分違いを省みず、道中、心から尽くしていただきました。勿体ないことです」

「そのようなことはどうでもよい」

夜具を隣の板の間に引き出そうという磬音に、

「磬音様……」

と磬音を正視したおこんが懇願した。

「今宵からは私に磬音様のお世話をさせてください」

おこんは夜具にかけていた磬音の手をとった。

「こんは磬音様と夫婦になると決めました」

二人は互いの目を見つめ合った。

「はしたない女はお嫌いですか」

「そのようなことがあるものか」

磬音は白無垢《しろむく》姿のおこんをひしと抱いた。

「おこん」

「磬音様」

磬音はおこんの肌の温もりと弾む呼吸を感じながら、ただ抱きしめていた。

外では法師の谷を雪が深々と舞っていた。雪は根雪になりそうな気配で降り続いていた。

磐音はおこんを静かに夜具の上に横たえた。

「風花の舞う湯でそなたを見たとき、夢幻を見たようであった。遠くに行かぬようこの手に抱き留めたかった」

「幻ではありません。こんの現身《うつしみ》です」

「離さぬ」

「どうかしっかりと、こんを捉《とら》まえてください」

磐音はおこんの帯を解いた。雪の中に立っていたおこんの姿がそこにあった。

「今宵から坂崎磐音とおこんは夫婦となる」

「はい」

磐音はひしとおこんの細身を抱き締めた。

三

夜明け前の山道を磐音が走っていた。

野袴を高々と絡げ、武者草鞋をしっかりと履いて足元を固め、菅笠を被った磐音は、湯宿の玄関にあった心張棒を携えて山道を駆け上がり、駆け下り、ときに雪の斜面に転《まろ》び、谷川を飛び、走り回った。

その磐音に、湯宿の飼い犬しろが従っていた。

雪は夜半に降りやんだようだが三寸ほど積もっていた。

磐音の脳裏にはおこんの姿態が刻まれ、手にはその柔肌の感触がしっかりと残っていた。

（おこんと磐音は夫婦じゃぞ！）

磐音は胸の中《うち》で歓喜の声を上げながら、三国峠の険しい山道を走り回った。

湯治宿がうっすらと朝の光に照らし出されたとき、磐音としろは谷を下って湯宿に戻った。ちろちろと囲炉裏が燃えていた。

「湯治に来られて修行にございますか」

と理左衛門が出迎えた。

「体が鈍《なま》らぬよう走り込んだ。朝からお騒がせ申した」

「しろが一番喜んでおりますよ」

と笑った主が、

「なにはともあれ湯で体を温めなされ。いくら剣術の達人とは申されても、三国峠の寒さは堪《こた》えますぞ」

「そういたそう」

部屋に戻るとおこんはすでに起きていた。

「皆様とご一緒に湯に入ったわ」

「そうか、それはよかった」

早くもおこんは湯治宿の暮らしに慣れたようだ。

「磐音様も早く湯に行ってきてくださいな。風邪《かぜ》を引くといけないわ」

「主どのにも言われたぞ」

おこんに着替えを持たされた磐音は湯屋に行った。

広い湯船に十数人の湯治客が和気《わき》藹々《あいあい》と入り、中には木枕を当てて目を瞑《つむ》っている者もいた。女もいれば子供も年寄りもいた。

「坂崎どの、遅かったな」

六所老人が湯船の一つから声をかけてきた。

「三国峠の雪道を走り回っておりました」

「なんとこの季節にな」

磐音は湯船の湯を冷えた体にかけた。冷え切っていた肌に、刺すような痛みが走った。それを我慢してさらに湯をかけると、それまで凍《こご》えて停滞していた血がとくとくと音を立てて流れ出し、ぽかぽかと温かくなってきた。

湯船に下半身からゆっくりと浸けた。

「他に言葉が見当たりませぬ。極楽にございますな」

「十数日も逗留して湯にばかり浸かっているとな、湯慣れして、坂崎どののような感慨を忘れてしまう。いかんいかん」

と笑った六所老人が、

「今津屋の奥向きの女衆と申すから、老女かと思うておったが、見目麗《みめうるわ》しい娘御ではないか」

とおこんを見かけたか、そう言った。

「この界隈ではまずお目にかかること叶わぬ美形かな。今津屋が付き添いを同道させるわけじゃ」

「おこんさんに六所様の言葉を聞かせると喜びましょう」

磐音は伸び伸びと全身を湯に浸した。その様子を六所老人が観察するように見ていた。

「そなた、かなりの遣い手と見たが、流儀はなにかな」

六所老人の興味はおこんから磐音に移っていた。

「直心影流をいささか」

「師匠はどなたか」

「神保小路の佐々木玲圓先生にございます」

「どうりで五体が鍛え上げられておるわ」

「六所様もご存じですか」

「入ったことはないが、道場の前は何度も通ったことがある」

「門弟衆が増えて道場が手狭になり、ただ今増築をしております」

「ほう、それはなによりかな。それで稽古はお休みか」

「いえ、近くの丹波亀山藩の藩道場をお借りして続けております」

「なんと、松平様の道場を借りてな。さすがは当代一の剣客かな」

と感心した。

「そなた、佐々木道場の師範でもしておるか」

「いえ、ただの門弟にございます」

「ただの門弟とな。そなたを見ておると、どことなくおっとりしておる。永の浪人暮らしかな」

老人の興味は尽きるところがない。

「いえ、それがし、数年前まではさる西国の大名家に奉公しておりました」

「なぜ辞められた」

「藩騒動に絡み、外に出ましてございます」

「立ち入ったことを訊くようだが、役職はなんであったな」

「騒ぎが起こったのは、江戸勤番を終えて国許に戻ったばかりでした。まだ殿にも帰藩を報告する前のことにございました」

「父上はご健在か」

「騒ぎの当時は中老職にございました」

「重臣の倅どのか。どうりでおっとりしておるわ。そなたが藩を出たほどだ、父上も職を辞されたか」

「いえ、藩を離れたのはそれがし一人にございます」

「ほう、倅どのは藩の外に出て、父上は残られた。藩騒動と申されたが、父上と立場は異なったのであるか」

「いえ、同じ改革派にございました」

「父上はただ今どうなされておられる」

「国家老職に就いております」

六所老人が、
ふーむ
という視線を磐音に向けた。

「父上とお会いになることはござるかな」

「はい。先の日光社参の折り、上府して参りましたので会いましてございます」

「復藩の話はないのか」

「浪々の身が気楽にございます」

「食べることとさえ心配なければ、屋敷奉公よりなんぼかよかろうがな」

と磐音の身分を気にした。

「そうそう、昨夜《ゆうべ》遅くな、三人の浪人が宿に着いた。これがまた湯治場には不釣合いの手合いでな。時折り里でなんぞやらかしてかような湯治場に逃げ込む輩《やから》がおるゆえ、理左衛門もそのことを案じておるわ」

磐音は囲炉裏端に出ていた膳の客がそうかと思い当たった。磐音たちが夕餉を終えても膳はそのままだった。

「越後への道中、法師の湯の名を聞き、下ってこられたのではございませぬか」

「いや、あれは上州路のやくざ渡世の助っ人稼業で食っているような連中だな。体じゅうから血の臭《にお》いが漂ってくる手合いだ」

と六所老人が言い切った。

磐音は殺し請負丹下屋笠左衛門のことを思い出していた。

おこんと一緒に囲炉裏端で朝餉の膳を囲んだ。今朝も二人だけだ。餅を入れた雑炊がなんとも美味しかった。

「磐音様、旅籠のご飯に飽いたら、こんがなにか作りましょうか」

「おこん、気を遣うことはないぞ。それがしはこちらの食事で十分に満足しておる」

「磐音様ほどなんでも美味しく召し上がる方はいないものね」

「実際、美味いのだ」

「上げ膳据え膳では罰があたらないかと心配だわ」

「郷に入っては郷に従えと申す。これが湯治というものであろう」

「磐音様はこんが相手で退屈はしないの」

「なにが退屈するものか」

おこんの顔が赤く染まった。

「磐音様」

「なんじゃ」

囲炉裏端にはだれもいなかったが、おこんが辺りを見回し、恥ずかしそうに囁いた。

「やや子ができたらどうしましょう」

「産めばよい」

「産んでいいの」

「当たり前じゃ。それがしは武家奉公を辞めた者ゆえ、窮屈な仕来りもなにもないわ。子が生まれればそなたと二人で元気に育てるだけのことだ」

「それでいいの」

「その他になにがある」

磐音の考えは明白だ。

豊後関前藩を離れて得た論理だ。

継ぐべき家督《かとく》もなければ蓄財もない。おこんとの子が授かれば、好きな道を歩かせるために育てるだけだ。

「正睦様はなにもおっしゃらないかしら」

「おこん、それがしと父の縁は切れぬ。一族の絆《きずな》も同様じゃ。だが、それがしは坂崎家を出た者ゆえ、もはや豊後関前藩にも束縛されず、よって武家の決まりごとも慣習も関わりない。坂崎家の跡継ぎは父がお考えになろう。任せておけばよい」

「はい」

おこんは素直に答えた。

磐音が六所老人の言った江戸からの怪しき輩にあったのは、その日の夕暮れ時の湯屋のことだ。

湯に行ったおこんがなかなか戻ってこなかった。そこで迎えに行くと、湯屋から六所老人の怒鳴り声が響いてきた。

「そのほうら、湯治場を悪所とでも考え違いをいたしておるな。ここは心静かに心身の疲れを養生するところぞ。湯に浸かる女子に卑猥《ひわい》な言葉をかけたうえに不埒《らち》な真似をいたすとは、この六所正兵衛が許さぬ！」

「爺《じじい》、怪我をしてもつまらぬぞ」

嗄《しわが》れ声が投げやりに言った。

磐音は湯屋を覗き見た。すると湯船と湯船の間を走る狭い板通路で、六所老人と一人の大男が睨み合っていた。

おこんら女の湯治客は隅の湯船に固まっていた。

六所老人と対面する男の身丈は、六尺三寸はありそうだ。褌《ふんどし》を締めただけの全身に、刀傷が無数にも誇らしげに残っていた。

男が仁王立ちする板通路の下には年配の仲間がもう一人控えていて、悠然と湯船に浸かっていた。

「そのほうら、早々に法師から出て参れ！」

「爺、山中の湯治場に、鄙《ひな》には稀《まれ》な女を見つけたのだ。当分、逗留いたす」

と大男が宣言したとき、理左衛門が別の出入口から湯屋に飛び込んでいった。

「宮沢《みやざわ》様、六所様が申されたとおり、すぐに湯治場から立ち退《の》いてくだされ！」

大男は宮沢というのか、平然としたもので、

「主、そうはいかぬのだ」

「いえ、ここは私が湯守をする湯治場にございます、無法な客を置くことはなり

ませぬ」

と理左衛門が言ったとき、宮沢が理左衛門の体をいきなり湯船に突き落とした。

どぼん
と湯飛沫《ゆしぶき》を上げて理左衛門が湯に落ちた。

「なにをいたすか!」

六所老人が叫び、再び宮沢が手を振り上げようとした。

「待たれよ」

磐音が声をかけた。

宮沢が振り向き、
じろり
と見た。

「そのほうは」

「湯治客にござる」

「名は」

磐音が答える前に、もう一方の出入口から声が響いた。

「そやつが佐々木道場の坂崎磐音よ」

三人目の剣客が姿を見せると、手にしていた剣を宮沢に投げた。

磐音は宮沢 某《なにがし》が虚空で巧みにも黒塗りの大剣の鞘元《さやもと》を摑んだのを見て、板壁に立てかけてあった湯揉み棒を手にした。五尺ほどの棒の先に平たい板が打ち付けてあった。

磐音は、宮沢に剣を投げた三人目の男がするすると磐音に迫り来るのを見た。と同時に宮沢が動いた。二人はすでに剣を抜いていた。

二方向から剣を構えながら迫り来る二人に、

「そなたら、丹下屋笠左衛門の身内か」

「身内ではないが、渡世の義理でな、そなたの命を貰い受ける仕儀になった」

磐音の左手から三人目の剣客が間合いを詰めてきた。腰を沈めて剣を右前方に寝かせて走り寄る様は、幾多の修羅場を潜って生き抜いてきたことを示していた。

磐音はその前に湯揉み棒を構えて、牽制した。

その間に宮沢が磐音の右手から、気配もなく間合いを詰めていた。

三人は、法師の湯の湯船を走る板通路で一気に戦いの間合いに入っていた。

磐音は三人目の剣客に突き出していた湯揉み棒を、視線も動かさずに宮沢へ振った。それを予測していた宮沢の足が止まった。

その瞬間、湯揉み棒が変転して三人目の刺客を横殴りに襲った。

刺客は斜めに構えていた剣を引き付けると、自らの左手から襲いくる湯揉み棒を、据物斬《すえものぎ》りでもするように腰を入れて斬った。湯揉み棒は先端二尺の辺りで、
すっぱり
と斬れて飛んだ。

磐音には予測された攻撃であった。

手に残った三尺余の棒を持ったまま磐音は自ら間合いの内に入り込み、湯揉み棒を斬り飛ばした剣を引き付けようとする小手を叩いていた。

おっ
と驚きの声を発した相手が思わず剣を取り落とした。

湯揉み棒が小手から脳天へ変幻して痛打した。

くねくねと体をくねらせた刺客が湯船に転がり落ちた。

磐音は後ろから迫り来る宮沢某を振り向いた。

間合いが予測したよりも詰まっていた。体勢を崩したままの磐音には不利だった。

そのとき、六所老人が、湯桶《ゆおけ》を宮沢某の顔目がけて投げ付けた。一瞬、飛来物

に目をやった宮沢が動きを止め、磐音に向けていた剣を回して桶を斬った。

戦いの流れが一瞬止まった。

その間に、磐音は体勢を整え直した。

二つに斬り割られた桶が湯船に落下したとき、磐音と宮沢某は狭い板通路でぶつかり合っていた。左右は湯船だ。

宮沢某の剣は虚空にあって磐音に向かって振り下ろされた。

刃《やいば》が湯屋の湿った湯気を裂く音がするほど、迅速果敢な剣だった。

だが、磐音の動きはさらに宮沢の早さを凌駕《りょうが》し、湯揉み棒の先端が宮沢の喉元を電撃の勢いで突き破っていた。

血飛沫が上がった。

突進してくる勢いが下からの突き上げを食らって両足と腰が浮き、
げえぇっ！

と叫ぶと、数間も先の板壁に背を打ち付けて気を失った。

磐音は棒を残る湯船の刺客に回した。

「そなた、どうするな」

返答に窮していた剣客が、

「宮沢傳兵衛《でんべえ》と一之木《いちのき》数馬《かずま》が敵《かな》わなかった相手だ。素手のおれが敵うはずもない」

と平然と答え、湯から両の素手を出して見せた。

「ならば、二人を連れて早々に法師の湯を立ち退かれよ」

磐音は、足元の湯船に落下して浮く一之木の襟首を摑むとひょいと抱えた。

湯船にいた刺客も、板壁の下で伸びた宮沢の巨体を、よろよろとしながらも抱え上げた。

法師の湯宿の玄関からよろめきつつ宮沢と一之木が出ていった。すると湯治客の間から、

わあっ

という歓声が上がった。

湯船にいた刺客が磐音に軽く頭を下げると仲間を追おうとした。

「そなた、名はなんと申される」

「山口猫八《やまぐちねこはち》」

「山口どの、丹下屋笠左衛門に会うたら、それがし、逃げも隠れもせぬゆえ、尋常の勝負を申し込むよう伝えてくれぬか」

「われら、仕事に失敗《しくじ》った者ぞ。笠左衛門にどの面下げて相見《あいまみ》えることができようか」

「さようか」

「坂崎どの、丹下屋はしつこい。失態は奴《やつ》の殺し屋稼業にも響くでな。もはや上州路ではあるまいが、江戸に帰られた後もご注意なされよ」

「承《うけたまわ》った」

山口猫八が仲間を追って出ていった。

その小さな背を見送りながら、

（山口猫八が一番の遣い手だったのではないか）

と磐音は考えていた。

そして、ほんとうに上州路での襲撃はないと考えてよいのか、ついに正体を見せず陰に潜んだままの者に心当たりがないことに、磐音は一抹の不安を感じていた。

四

越後と上野と信濃の国境にある一軒の湯治宿では、穏やかな日々が続いていた。

時が過ぎ、湯治客の何組かは宿から去り、また新しい湯治客が逗留中の食べ物や飲み物を背に負ってやってきた。

元前橋藩家臣の六所正兵衛と内儀のむつも法師から去った。老夫婦と磐音とおこんは、その前夜に囲炉裏端で夕餉を共にして酒を酌み交わした。六所老人は、

「坂崎どの、おこんさん、こちらからの帰り、前橋城下のわが屋敷に立ち寄ってはくれぬか」

と何度も繰り返し、

「大手門前近習《きんじゅ》小路」

と屋敷の場所まで残していった。

おこんは静かな湯治場暮らしのせいか、顔にかかっていた最後の薄靄も消えて、ほぼいつものおこんに戻っていた。それはなにより、おこんの食欲が示しているように思えた。磐音に刺激されたわけでもあるまいが、どのようなものを供されようと、

「このように美味しいものを食べたことがなかったわ」

と平らげた。

「磐音様、私、少し太ったのでは」

深夜、一つの褥《しとね》で抱き合った後、おこんが恥ずかしそうにそのことを口にした。

磐音の胸におこんの顔があった。

「太ったとな。そなたは元々細身ゆえ、これくらいがちょうどよかろう」

「いえ、太ったわ。明日から、一緒に山歩きを始めることにします」

一旦降った雪は上州の北の斜面に五、六寸の雪を残したまま、やんでいた。本降りになる前、気温が少しばかり上がり、小康状態が続くという。

「このところ気候も穏やか、一緒に歩いてみるか」

「はい」

おこんが磐音の腕の中で返事をした。

翌日からおこんの山歩きが始まった。むろん夜明け前から三国峠の山々や谷川を走り回る磐音に同行するわけではない。早朝の山走りを終え、宿に戻った磐音と朝餉《あさげ》を摂った後、湯治宿の周りを歩くことから始めた。そんな散策には、宿の飼い犬のしろが従ってくれた。

湯治場の単調な暮らしにそろそろ倦《う》んでいたおこんには、雪を被った山椿の咲く谷間や突然出くわす野兎や山鳥が珍しく、磐音が思っていたより足元もしっかりとしていた。

湯治に山歩きが、日課として新たに加えられた。

「三国峠に上がり、越後国を見てみたい」

とおこんが言い出したのは、宿周辺の散策で自信をつけたせいだろう。

「越後の湯沢宿までは行けまいが、峠の頂に上ってみるか」

峠行を決行する前日、おいねに握り飯を注文し、山歩きの身仕度を整えた。

明け六つ（午前六時）、二人はしろを伴い、宿を出た。

おこんは菅笠を被り、手甲脚絆に足袋草鞋だ。おいねに借りた綿入れ半纏《はんてん》を着て、杖を突いていた。

磐音は野袴に道中羽織、どちらも着慣れた衣服に菅笠を被っていた。

背にはおいねが作ってくれた握り飯を負い、腰の大小のかたわらには小さな瓢《ふくべ》が吊《つ》るされてあった。

「山は急に冷え込みますでな、体温が下がるようならばわが家特製の梅酒を飲みなされ。さすれば体の芯からぽかぽかしますでな」

と気付け薬に持たせてくれたものだ。

まず磐音らは谷川沿いに三国街道へと出た。法師との分岐から峠までは精々一里だが、三国街道最大の難所だ。路肩に雪が降り積もる山道は急峻《きゅうしゅん》であった。

夜は明け、街道には往来する人馬がいた。

越後から旅する人々は三国峠を下って、関八州の北の入口上野国《こうずけ》に入る。この峠道は、新発田《しばた》藩溝口《みぞぐち》家、長岡藩牧野《まきの》家など越後九藩の大名が参勤交代に使い、さらには佐渡金山の佐渡奉行も、金山に送られる囚徒たちも通る峠だった。

「越後から米搗《こめつ》きに来るって言葉を聞いたことがあるけど、皆さん、この峠道を通ってこられるのね」

「いかにもさよう。江戸近郊の酒屋に働きに来られる越後杜氏《とうじ》衆も、この峠を上り下りして関八州に入られる」

おこんがなんとか話をしていられたのは最初だけだ。

山道に雪が残り、険しくも勾配《こうばい》を増し、路面が凍《い》てついて足を取られた。

磐音がおこんの手を引き、しろが先導してゆっくりと歩を重ねた。

雪を被った野仏と出会う度に歩みを止めて、おこんを休ませた。おこんはそんなとき、弾む息で野仏に合掌した。

おこんは野仏に、

（磐音様との暮らしがいつまでも続きますように）

と祈った。ただそれだけでよいと思った。

「参ろうか」

御用旅か、峠の頂上から武家の主従が下りてきた。

「峠はまだ先でござろうか」

足を止めた初老の主が塗笠の縁《へり》を片手で摑んで顔を見せ、

「女衆の足でもはや四半刻とはかかるまい」

「かたじけない」

「越後へ道中なさるか」

と犬連れの二人の軽装を訝しげに見た。

「いえ、法師の湯治客にございますが、旅の徒然《つれづれ》に峠見物にございます」

「それは風流な。気をつけて参られよ」

「ありがとうございます」

磐音とおこんが三国峠の頂に到着したのは四つ（午前十時）の刻限だった。葉を落とした樹林に雪がこびりついていた。野仏の周りの隈笹《くまざさ》も雪に半ば埋もれていた。

越後の空は厚く低く垂れ込めた黒雲に覆われていた。暗い空の下で霏々と雪が降り、人々がひっそりと暮らしていることを想起させた。

「峠の向こうはまるで違うお国ね」

寒さに頬を染めたおこんが重苦しいような北国の空を眺めた。

「あの寒さが人を苦しめ、物を生み出す」

おこんは磐音の言葉に、雪に晒されて鮮やかに浮かび上がるという小千谷縮《おぢやちぢみ》の白を思い浮かべた。

「この峠が、信濃と越後と上野の国境なの」

「白砂山《しらすなやま》という六千五百尺余りの西方の山じゃそうな。だが、古《いにしえ》から三国の境はこの峠を指したという」

昨夜、理左衛門に聞いた話をおこんに告げた。

「上野の赤城、越後の弥彦《やひこ》、信濃の諏訪《すわ》のそれぞれ一宮を祀る御坂三社神社に、まずお参りして朝餉を食そうか」

「そのような社があるの」

「あの鳥居がそうであろう」

磐音はおこんに、峠の少しばかり下ったところにある森を指した。

「その昔、この山に棲《す》む悪鬼が信濃、上野、越後の里に飛んでいっては悪行のかぎりを尽くしたそうな。討伐に来られた坂上田村麻呂様が三社を峠に勧請《かんじょう》したのがこの社の始まりじゃそうな」

しろは磐音とおこんを先導するように、御坂三社神社の境内へと入っていった。石の参道に雪が積もり、左右の杉林の枝も白く染まっていた。

磐音とおこんは社殿で拝礼した。

二人が頭を垂れる足元に、役目を終えたという風情でしろが腰を下ろした。だが、すぐに立ち上がり、毛を逆立てた。

異変に気付いた磐音がしろの視線を辿った。

磐音らが潜った鳥居の下に見知った人物が立っていた。

おこんも振り返った。

「おすがさん」

おこんが懐《なつ》かしげに女巡礼に声をかけた。

「まだ長岡には戻らなかったの」

女巡礼が顔を歪《ゆが》めて笑った。そして、手にしていた金剛杖を参道脇に積もった雪に突き立てると、奇妙な仕草をした。

口が大きくも自在に開閉した。だが、音は発しなかった。同時に両手でなにごとか仕草を繰り返した。

その視線は参道脇の杉林の奥を見ていた。

風雪に打たれた塗笠を被り、古びた裁《た》っ付《つ》け袴に革草鞋、革の袖無しを着た武士が杉林から姿を見せた。その両眼はおすがの仕草と無音の口元を見ていたが、大きく頷いた。

しゃべれず、耳も聞こえぬと思える武士は身の丈五尺六寸余だが、がっちりと腰の据わった体付きで、長年厳しい武者修行に明け暮れたことを想起させた。

眼光が炯々《けいけい》として、対面する者を射竦《いすく》める力を宿していた。

おすがに頷き、手で仕草を返した武芸者が磐音たちを見た。

しろが、

ううう っ

と唸り声を上げた。

「しろ、そなたに危害を加えようというのではあるまい。大人しくせよ」

磐音の言葉を聞き分けたか、しろが静まった。だが、毛は逆立ったままで警戒を解いたわけではなかった。

「おすがどの、なんの真似かな」

「坂崎磐音、そなたの命、相馬《そうま》泰之進《たいのしん》様が貰い受ける」

とおすがが相馬に代わり宣告した。

「おすがどの、それがしは相馬どのとは初対面、見も知らぬ方から命を狙われる覚えはない」

おすがの口から低い笑い声が洩れた。だが、磐音の問いにはもはや答えなかった。

相馬が塗りの剝げた鞘から剣を抜いた。身幅の厚い剣は幾多の修羅場を潜ってきたことを示して血と死の臭いを漂わせた。

磐音との間には十数間の雪の参道があった。

「おこん、しろ、この場から動くでない」

磐音はそう言い置くと、社殿の前から石畳に降りた。

相馬が強敵であることは、挙動、風姿、面構えから知れた。

どちらかが斃《たお》すか斃されるかの決死の勝負だと磐音は咄嗟《とっさ》に覚悟した。

「磐音様」

おこんが祈るように呟いた。

「案ずるな」

背後のおこんにこの言葉を残した磐音は包平《かねひら》の柄《つか》に手をかけ、抜いた。

視線を上げた。
その瞬間、念頭にはもはや眼前の刺客相馬泰之進のことしかなかった。
十数間先に難敵が立っていた。
相馬の剣がゆっくりと上げられていく。それが八双に取られた。
磐音は包平二尺七寸の長剣を左脇構えに置いた。
その構えのまま互いに睨み合った。
三国峠にゆったりと流れていた時が停止した。
微動だにせぬ磐音の背を凝視するおこんには、息苦しいほどの無間《むげん》地獄だった。
(神様、こんはなにも要りません。磐音様をお守りください)
越後から峠に風が吹き上げてきた。
杉林に止まっていた雪がはらはらと舞い落ちた。
相馬泰之進の剣が、八双から磐音と同じ左脇構えにゆっくりと落ち、
ぴたり
と決まった。
おおおっ！
磐音の気合いが御坂三社神社に響き渡った。

阿吽《あうん》の呼吸で両者は走り出した。

十数間の間合いが見る見る詰まった。

その緊迫した戦いの一瞬を、女が二人、おこんとおすがが見詰めていた。

生死の間仕切りを切った。

磐音が足を止めて腰を沈めた。

脇構えの備前包平が上段へと擦り上げられ、翻《ひるがえ》った。

相馬は走りを止めることなく脇構えの剣を車輪に回した。

磐音は包平を相馬の肩へと袈裟《けさ》斬りに振り下ろした。

幾多の闘争を勝ち抜いてきた二人が繰り出した必殺の一撃だ。どちらも避ける術《すべ》のないことを承知していた。

おこんは両眼を瞑《つむ》った。

おすがは坂崎磐音が横倒しに斃れる光景を脳裏に思い描いていた。

寸余の差が生死を分けた。

袈裟に振り下ろした磐音の包平の物打ちが、相馬の肩に届くとそのまま深々と斜めに斬り下ろした。

うっ

という呻き声を発した相馬の体が石畳の参道に押し潰されて転がった。相馬の手にあった剣が磬音の道中羽織の袖を斬り割いて、飛んだ。

「そ、相馬様！」

おすがの悲鳴が上がった。

磬音は女巡礼の様子を見ていた。

おすがは背の笈を下ろすと、破れ傘の柄に手をかけて抜いた。そこに直刀が隠されてあった。

「おすがどの、そなたも相馬どのと生死を共にしてきたのであれば、戦の引き際も承知しておろう。そなたがやるべきは相馬どのを弔うことぞ」

磬音の言葉におすがが手にした剣を投げ捨て、
わあっ
と絶叫しながら斃れた相馬のもとへと走り寄ってきた。

「おこん、しろ。参るぞ」

磬音はおこんとしろを呼ぶと、御坂三社神社の境内から三国街道に出た。そこで包平を鞘に納めるとおこんの手を引き、峠を法師の湯に向かって下り始めた。

法師の一軒宿に磐音らが戻りついたのは昼下がりの刻限だった。

出迎えた理左衛門が、

「江戸から早飛脚が届いておりますぞ」

と一通の書状を差し出した。

油紙に包まれた封書の差出人は、南町奉行所定廻り同心木下一郎太であった。

「造作をかけた」

磐音とおこんは囲炉裏端に行くと一郎太からの文を披いた。

「坂崎磐音殿、おこん様、越後と上野との国境の湯治場の日々はいかがにございますか。お二人の湯治を毛頭邪魔する気はございませんが、町廻りの最中に小耳に挟んだ一事を取り急ぎお知らせ致します事、ご容赦下さい。

過日、佐々木玲圓先生と坂崎殿が成敗されし中条流指田道場七代目精左衛門茂光には、義弟あることが判明致しました。

この者、相馬泰之進と申し、口を利けず耳も聞こえぬ者なれど中条流の門弟の中でも技量抜群に異彩を放つ人物なりしとか。およそ十余年前武者修行の途に就き、諸国を遍歴中の剣客にございます。この者、指田精左衛門の妻女にて泰之進の姉お梶《かじ》の知らせにより急ぎ帰府致しし事判明しております。数日、指田道場に逗留の後、再び姿を消したとか。お梶より義兄指田精左衛門の仇を討てと命じられてのことかと推測致します。先に佐々木先生を付け狙うか、あるいは坂崎殿を襲うか不分明なれば、まずは取り急ぎお知らせ致します。

尚佐々木先生にはこの一件にて面談致しました。

その折り先生は、坂崎なれば捨て置いても大事なかろうと笑っておいでになりました事付記して筆を擱《お》きます。

湯治とは申せ北国の事、坂崎殿にもおこん様にも風邪など引かれぬよう江戸より祈念致しております。　南町奉行所同心木下一郎太」

磐音はおこんに友からの文を見せた。

おこんが文面に目を落として急ぎ読み下していたが、

「木下様、少し遅うございました」

と呟いた。

「江戸と上野は遠く離れておるでな」

磐音は友の心遣いを有難く感謝した。

「磐音様」

「なんだな」

「こんはもう大丈夫です」

「江戸に帰りとうなったか」

「はい。木下様の文を読んだら急に米沢町が恋しくなりました」

「根雪になる前に法師を発つか」

「はい」

「ならば名残の湯に入り、旅立ちの仕度をいたそうか」

深夜、磐音とおこんは露天の湯に入った。谷には再び横殴りの激しい雪が舞い始めていた。

山椿の紅色が見る見る雪の白に埋まっていく。

その様子を二人は飽きずに眺めていた。

辺りは厳しい寒気に包まれていたが、磐音とおこんの胸には幸せの灯がほんのりと点っていた。

文春文庫

紅《べに》椿《つばき》ノ谷《たに》

居眠《いねむ》り磐音《いわね》（十七）決定版《けつていばん》

定価はカバーに表示してあります

2019年10月10日　第1刷

著　者　佐《さ》伯《えき》泰《やす》英《ひで》

発行者　花田朋子

発行所　株式会社 文藝春秋

東京都千代田区紀尾井町 3-23　〒102-8008
TEL　03・3265・1211㈹
文藝春秋ホームページ　http://www.bunshun.co.jp

落丁、乱丁本は、お手数ですが小社製作部宛お送り下さい。送料小社負担でお取替致します。

印刷製本・凸版印刷

Printed in Japan
ISBN978-4-16-791372-4

文春文庫　最新刊

青い服の女　新・御宿かわせみ7　平岩弓枝
復旧した旅宿「かわせみ」は千客万来。三百話目到達！

さらば愛しき魔法使い　東川篤哉
メイド・マリィの秘密をオカルト雑誌が嗅ぎつけた!?

闇の平蔵　逢坂剛
役人を成敗すると公言した強盗「闇の平蔵」とは何者か

希望が死んだ夜に　天祢涼
同級生殺害で逮捕された少女。決して明かさぬ動機とは

車夫　いとうみく
浅草で車夫として働く少年の日々を瑞々しい筆致で描く

ひよっこ社労士のヒナコ　水生大海
クライアント企業の労働問題に新米社労士が挑む第一弾

横浜大戦争　蜂須賀敬明
保土ケ谷、金沢…横浜の中心を決める神々の戦い勃発！

わずか一しずくの血　連城三紀彦
女の片足と旅する男と連続殺人の真相。傑作ミステリー

武士の流儀（一）　稲葉稔
元与力の清兵衛は、若い頃に因縁のある男を見かけて…

プリンセス刑事《デカ》　生前退位と姫の恋　喜多喜久
日本を統治する女王の生前退位をめぐり、テロが頻発

螢火《ほたるび》ノ宿《しゅく》　居眠り磐音（十六）決定版　佐伯泰英
白鶴太夫の落籍を阻止せんとする不穏な動きに磐音は

紅椿《べにつばき》ノ谷《たに》　居眠り磐音（十七）決定版　佐伯泰英
吉右衛門の祝言は和やかに終わったが、おこんに異変が

ガン入院オロオロ日記　東海林さだお
病院食、パジャマ、点滴…人生初の入院は驚くことばかり

なんでわざわざ中年体育　角田光代
人気作家がスポーツに挑戦！　爆笑と共感の傑作エッセイ

上機嫌な言葉　366日　田辺聖子
毎日をおいしくする一日一言。逝去した作家の贈り物

督促OL指導日記　ストレスフルな職場を生き抜く術　榎本まみ
日本一過酷な仕事の毎日と裏側を描く4コマ＋エッセイ

増補版　大平正芳　理念と外交〈学藝ライブラリー〉　服部龍二
「鈍牛」と揶揄され志半ばで倒れた宰相の素顔と哲学

シネマ・コミックEX
ルパン三世　カリオストロの城
原作　モンキー・パンチ／脚本　宮崎駿・山崎晴哉
監督　宮崎駿／製作・著作トムス・エンタテインメント
ルパンよ、クラリスを救え！　宮崎駿初監督作品を文庫化